士兵与祖国

峭　岩◎著

中国言实出版社

图书在版编目(CIP)数据

士兵与祖国/峭岩著. -- 北京：中国言实出版社，
2023.5
ISBN 978-7-5171-4482-3

Ⅰ.①士… Ⅱ.①峭… Ⅲ.①诗集－中国－当代
Ⅳ.①I227

中国国家版本馆 CIP 数据核字（2023）第 096426 号

士兵与祖国

责任编辑：郭江妮　许小雪
责任校对：邱　耿

出版发行：中国言实出版社
　　　　　地　　址：北京市朝阳区北苑路180号加利大厦5号楼105室
　　　　　邮　　编：100101
　　　　　编辑部：北京市海淀区花园路6号院B座6层
　　　　　邮　　编：100088
　　　　　电　　话：010-64924853（总编室）　010-64924716（发行部）
　　　　　网　　址：www.zgyscbs.cn　电子邮箱：zgyscbs@263.net

经　　销：新华书店
印　　刷：北京中科印刷有限公司
版　　次：2023年8月第1版　2023年8月第1次印刷
规　　格：710毫米×1000毫米　1/16　20.75印张
字　　数：174千字

定　　价：65.00元
书　　号：ISBN 978-7-5171-4482-3

目　录

第二辑 大地诗

第一辑

士
兵
情

枪之魂

兄弟们
咱们都是扛枪的人
枪是我们的生命
谁要？
誓死不给
正如我们的心脏

——题记

当狂飙卷过灰暗的天空
当风雷横贯古老的苍茫大地
是谁的长枪掀翻帝城的宫墙碧瓦
又是谁，手指苍穹
大声喝问："苍茫大地，谁主沉浮？"

命运来自远古的刀戈
注定真理的走向
一片乌云夹杂着烟雾的赤色
卷过华夏之苍穹
醒狮怒吼了
奔向一条道路

在我们血红的记忆里

一个数字决然而突兀

"八七"的秘密神奇而深邃

由一个伟人智慧地挖掘而提炼

诞生一句关于枪的名言

之后

怒雷愤火冲向八月的城堡

梭镖镰刀冲向九月的田野

汇成势不可挡

汇成摧枯拉朽

一股打了绑腿的铁流

在九月的一个傍晚

闯进一个山村的怀抱

一千人，四十八匹战马

惊愕着山村的夜梦

三湾收藏了最初的星火

三湾第一次清点了自己的队伍

三湾蕴涵着一个伟大的命题

三湾首次校正了枪的方向

三湾，很小

是群山里的一点绿

是众生里的一盏灯火

是民间的一缕炊烟

它的美妙与朗笑

注册了我们不屈的生命

回首时

我热泪洒怀

我把三湾举过军旗之上

我把三湾举过高山之巅

用历史丈量

用哲学定义

三湾，是天下最大的湾

大湾，比天还大的湾啊

它挽住一条河流

它托举一座大山

它诞生一支人民的队伍

它奠基一个真理的方向

三湾，枪之根

三湾，魂之根

功盖天地啊！

辉耀乾坤啊！

我时时刻刻俯瞰一条河流

我时时刻刻俯瞰一条山脉

它是我心中的图腾

我靠它而生、而死

自从那条河从大湾喷涌而出

自从那山脉从大湾横空出世

我就是它的一朵浪花

我就是它的一块石头

我幻化它的一粒星火

我锻造它的一柄刀锋

我活在诗的意象里

我追逐它血色的红

……

枪
之
魂

心，从那一夜的迷惘
走向光明
路，从一位伟人的手下
走向高远
枪，从枫树下的口令里
站成无坚不摧的力量
毛泽东
在三湾的整编大计里
奠定了钢铁的永恒交响
枪有了灵魂的归属
握它的是人民的大手
暖它的是正义的胸膛

我该怎样纪念人民军队的诞生
我该怎样表达对毛泽东的敬仰
九十余年了
风袭雨打
九十余年了
雷击电闪
九十余年了
砥砺前行
九十余年了
国富军强

征路何崎岖?
天色何迷惘?
未曾动摇我的心根
亦步亦趋

生死不移

我抚摸

我亲昵

我呵护

我擦拭

像星星映照月亮

像地球围绕太阳

党旗下的人民军队

不倒的钢铁长城

光荣啊！三湾

三湾啊！光荣

我的生命的摇篮

我一生的爱恋与拥抱

今天啊

我从三湾再次出发

扎紧绑腿和鞋带

以我不老的诗歌

倾尽我不老的生命！

捍卫

号角吹动旌旗戈刃

震颤男人的雄性火焰

暴脾气的钢枪从来都属于捍卫

伴随着大统江山

马革裹尸将士的白骨磷光远照

征夫泪依然在暮暮朝朝

走到这一代人手中的钢枪啊

从三湾起步

冲上罗霄山脉

站上井冈之巅

抓住一粒星火

一路迅跑

眺望这一股铁流

俯瞰这一座大山

它汹汹涌涌奔腾万里

它莽莽苍苍恢宏妖娆

三湾的大手紧握聚拢的士兵

三湾的目光锁住天空的鹰枭

长缨在手

漫说虎啸狼嚎

可是呀

弟兄们

美好之外总有尝血的声音

红旗之下总有偷粱的魔爪

有人竟敢

偷换枪的魂魄

有人竟敢

拨动了枪的准星

不是吗

他——

已不是盗粮的仓鼠

披挂一身的革命光环

醉倒在霓裳曲里逍遥

在暗仓里与娇媚推杯换盏

阳光下打造个人的暖巢

他们啊

终做了军人的耻辱柱

被历史挖坑埋掉

我诘问

三湾的训令呢

三湾的铁律呢

党旗下的誓词呢

授枪时的宣言呢

誓言不仅仅是口号

是军人对祖国的忠诚

风雨中怎能动摇

就在一个早晨

军号又吹响了

大军重新集结

正义整肃全军

我

我们

持枪站在军旗下

重新入列

向祖国报到

向人民报到

向亚丁湾的怒涛报到

向南海的礁盘报到

向钓鱼岛的界碑报到

我们是火箭军导弹上的眼睛

我们是宇宙飞船上的军旗一角

我们是不可战胜的队伍

我们是太阳的骄傲

枪啊

我的好伙伴

你的准星牢固在我们的目光里

扳机紧系着祖国的心跳

我们向又一个长征出发

风正祥和

阳光正好！

长缨长

怎样握住枪的魂魄
使队伍所向披靡
站上云端俯瞰大地的风云
视线越过大洋的剽悍
历数战争的循规蹈矩
国际冷战的静态发展

一个心结打开了
一个惊人的战略挑开空中的蓝
之前
我看到士兵们站在掩体里
希望加法，哪怕多一枝矛
多一粒子弹
当然，加法会让我们趋向完美
而减法的奥秘却是大的无限
几十年后
我终于有了重大发现
现代战争把炸弹安放在电子上
千里外的流血、毁灭
只需一个两个士兵的努力
反而，军队庞大的臃肿
成为时间的阻碍

裁军

一把刀落在白纸上

天空绽花，大地放彩

两个字的智慧改写的军史

于国家幸福的笑容

砍下去

把赘肉一刀刀割去

长缨长

间距短

让精锐突现光芒

让传统更加光辉

魂魄是魂魄

精良是精良

一百万，何其庞大的数子

可以装备一个西方国家

在实体中消失了一百万

在智慧中增加的何止一百万

又一个早晨的口令

裁军二十万

七大军区合并

五大战区诞生

陆海空立体结盟

现代化握紧铁拳

今天的战争不要持久

胜利就在一个瞬间

几乎一天的光景

队伍重新出发

有了惊世的光艳

我是这个队伍的一名士兵
亲历了一场阵痛和欢呼
我的枪更贴身了
枪与我结成一个生命
更能听到祖国的号令
在战争威胁面前
在风云搅扰面前
我——
向世界亮剑

井冈山，青山绿水中一座座伟人雕像 [1]

这是一首凝固的史诗
共产党人的图腾
被石刻的人们
他们的名字和祖国一样响亮

——题记

走近他们，我有无比的亲切
亲近他们，我有无上的荣光
他们金戈铁马奋战一生
他们的魂魄应该属于绿水青山

历史，应该记住
抛头颅洒热血的志士
拯救民族于水火的人
这是他们应有的位置和高度
站在民族利益之上
俯身于风雨泥土之下
这就是他们啊

他们从南昌起步

---

[1] 在井冈山的茨坪，在青山绿林中修建了一座伟人雕像群。毛泽东、朱德、周恩来、邓小平等老一辈革命家，都有雕塑在此，供人们瞻仰。

他们从井冈山起步
迈开麻绳捆绑的双腿
以农村包围城市的姿态
围剿作恶的苍龙
在祖国阴风苦雨的日子里
扛枪，驰马，南征北战
爬山，涉水，斩风夺浪
与枪炮战马共眠于雪山草地
与寒风凄雨厮守大漠戈壁
以步枪清点对方的残梦
以六盘山冷月追逐革命的梦想
当青天白日旗折断南京城的时候
当八百万残兵败将溃逃的时候
他们将五星红旗插到北京
插到民族的制高点上

今天，他们又回来了
又回到井冈山
回到刚刚迈步的地方
只有他们才应有的位置
我说，这高度还不够高
八个井冈山叠成罗汉
也不能与他们的功绩等量
他们把旧中国翻了个身啊
江山才稳如磐石
民族才有了不倒的脊梁

是他们，最早懂得枪的价值
是他们，最先窥到了东方的曙光

井冈山，青山绿水中一座座伟人雕像

是他们，最亲近泥土的味道
是他们，最有无私的襟怀爱国的衷肠
是他们高昂的头颅啊
使中国的高度走向世界
是他们的智慧和胆识
使世界有了从未有过的深刻和分量

把最美的山给他们吧
把最美的水给他们吧
把最美的林给他们吧
把最美的田给他们吧
他们是最应该享有的人啊

高度再高
高不过他们的伟岸
位置再好
好不过他们的理想

井冈山砻市，让我想到一条大河 [1]

站在砻市的霞光里

我曾有这样的想象

假若黄河和长江流在一起

那气势，那场面，那力量

任大山千万座，任险关万千重

也挡不住这样的洪流

也阻不住如此的狂放

难怪人民军队的锋芒所向无敌

它源自一次伟大的会师

从那时起

长城的体内就植进了特有的基因

我不是会师的一分子

但我是他的后续和延伸

我曾站进砻市会师广场的神奇里

数过高扬的杉树，问过脚下的石子

它们的挺拔与刚烈

告诉我，会师的队伍一如淬火的刀锋

那一夜，钢枪无眠

那一夜，山峦吐红

[1]1928 年 5 月 4 日，毛泽东亲率工农革命军两个团，与朱德、陈毅率领的南昌起义和湘南起义部队 8000 余人，在井冈山宁冈县的砻市会师，成立了工农革命军第四军，毛泽东任军委书记和党代表，朱德任军长，陈毅任政治部主任。这就是有名的井冈山会师。

从统帅毛泽东，朱德，陈毅
到每一位染着硝烟的士兵
都擦拭着手中的枪杆
一遍又一遍打磨着子弹、手雷、长矛
准备向更高、更险、更难的山峰冲刺
他们知道，身后甩掉了险山和恶水
前面就是红旗映天的彼岸

会师了！会师了
心里大喊它一百次、一千次
这是大山与大山的组合
这是大河与大河的汇流
这是圣火与圣火的拥抱
这是钢枪与钢枪的相逢
当朱、毛的两双大手握在一起的时候
井冈千峰堆锦绣
井冈万岭杜鹃红
你是南昌起义的老俵
他是秋收起义的老农
头上，都有过黑云的压迫
心里，都有过军阀地主鞭打的伤痛
都在奔走的路上咳血呵
都在暗夜里渴望光明

会师，心与心抱在一起
会师，枪与枪结成强大的阵营
没喝酒，心和心都醉了
没唱戏，人和人都在沸腾
钢枪啊，在手里吐烟冒火

战马啊，在槽头扯缰嘶鸣

今天，我一任拉回历史的记忆

抚摸军史的宝典

当钢枪与钢枪对准一个目标的时候

就是敌人灭亡之时

两条大河汇合了

暗流被劈开，退去

一轮崭新的太阳冉冉东升

井冈山茨坪，让我想到一条大河

雷锋，永远的春天

伟大的共产主义战士雷锋于 1962 年 8 月 15 日因公殉职。1963 年 3 月 5 日，毛泽东同志为雷锋亲笔题词"向雷锋同志学习"。后来，每年将 3 月 5 日作为"学雷锋纪念日"。此诗发表在 2012 年 4 月 6 日《人民日报》。

在三月的潮讯里，你来了
你来了，新闻媒体涨红了眼睛
江南椰林江北杨柳挥舞花枝
老人的夕阳少年的青春也纷纷涂红
听说，从此你不再离开
是吗？和我们携手共度苦乐苍生

在你离开 50 个春去秋回的雨打霜冷里
我是多么思念你的诗歌你的笑容
你的日记本翻黄了皮肤擦亮了心跳
那个方向盘导引了我半生的行踪
你那春天的诗行教会了我怎样写诗
我从 22 个年轮里找到了人生的半径
我总在想，人生绝不是醉生梦死
支撑宇宙的永远是最璀璨的星辰

在时间的五颜六色中我始终辨认

一种声音，它时远时近，时强时弱
召唤我的脚步弹拨我的神经
在奔赴的迷离中我也曾数着
钱币的良心和道德的纬度
是不是远离地球和太阳的轴心

我一再警告我迈出的每一个步伐
是不是走向了"神马浮云"的幻境
我也曾叩问金钱利禄
是不是磨钝了我的刀锋
在潮头浪尾里游走四方
我不曾忘却你在离去前敲响的钟声

还好，道义、博爱、忠勇
固有的中华道德之垒挺立苍穹
还好，无私、奉献、真诚
已牢牢筑起精神的不倒山峰
雷锋，你知道吗？在你之后
在精神滔滔大河之后的浪追浪赶里
又有多少前赴的老者和击空的山鹰

你不走了，雷锋，好啊
雷锋，永远与我们同行
我们走的是一条亘古不变的朝阳大道啊
是道义
是仁爱
是春风

2008·北京的脚步

北京的脚步，如雷霆滚过

北京的脚步，如雄风卷过

2008，一个共同的口令

团结奋进

2008，一个共同的口号

更快、更高、更强

2008，一个共同的梦想

和平、友谊、进步

世界所有的目光 聚焦

世界所有的心灵向往

——奥运，北京

十三亿人的理想托付

九百六十万平方公里的推举

五十六个民族的嘱托

黄河、长江的期盼

昆仑、喜玛拉雅的翘首

2008，北京的脚步

你走出五千年的文明姿态

你走出华夏古国的威武

你走出唐诗宋词的风韵

你走出长征烽火的壮烈

2008，北京

一切都准备好了

树青了，绿在那里

花开了，艳在那里

路扫了，洁在那里

楼刷了，新在那里

天空，蓝在那里

大地，等在那里

一扇扇门打开了

一双双手伸开了

欢迎你，全人类盛大的体育盛典

欢迎你，来自世界各国的友谊使者

这一天，终于来了

它从鲜花与欢呼的海洋中走来

它从梦幻与现实的境界中走来

它从汗水与心血的打拼中走来

它从强国与强军的蓝图中走来

走来了

2008，北京

迈开雄赳赳、气昂昂的步伐

走在畅想与梦幻之上

走在骄傲与信心之上

走在世界所有人的目光下

铿锵作响

是雷声，高过云际

是海浪，排空裂岸

是秦皇汉武成吉思汗的兵车追逐

是长征平型关辽沈平津的滚滚烈烟
是绵绵不绝的创业创新潮声
是几十年改革的大潮浪飞涛卷
2008，北京的脚步
迈出了华夏千年的梦想
迈出了中国人的纯朴、智慧和剽悍

感恩小米、南瓜和步枪

在记忆的深处
在历史的制高点
在战争的烽火硝烟之上
我眺望到了它们的身影
黄澄澄的是小米
浑圆橙黄的是南瓜
顶天立地的是步枪
它们是人民军队的早期营养和武器
它们是我们灵魂、血液里永驻的根

我来到城市后
久违了它们的姓名
只有偶尔在乡下的母亲
捎来秋后的惦念
只有在博物馆里与步枪亲昵
虽然偶然相处
但与小米、南瓜和步枪的感情
却有着无比神圣

扛枪走过历史的人
总忘不了井冈的南瓜饭的味道
总忘不了陕北小米的香甜

更忘不了肩扛步枪行军打仗的英勇
试想一下
解剖我的肠胃会有小米南瓜的基因
透视肩膀手掌会有步枪的永久印痕
它们活跃在我的生命王国里
不断繁衍壮大扎根

不是我们乏味了城市生活
吃惯了大米白面想调剂口味的新鲜
不是我们看惯了导弹大炮和枪阵
而是骨子里的自然显现
再吃一顿小米、南瓜饭
就有心理上的满足
再看一眼步枪
就有力量的膨胀

小米、南瓜和步枪
是革命的最早加入者
在农村包围城市的伟大战略中
它们立下不朽的功勋
感恩小米、南瓜和步枪吧
它们曾托起岁月的脊梁

我家的土炕上，有一个梦

枪已走得很远，很远

走进城市的喧哗

走进军营的哨岗

走进边防的寂寞

走进海岛的波浪

可我家墙壁上留下的

一颗颗钉子还在

一排水壶的影子还在

一排步枪的冷峻还在

一条染血的包扎带还在

一屋子的鼾声还在

它们躲在墙角里

日夜发声发光

那是一场游击战之后

撤下阵地的枪口还火辣辣的烫

随夕阳的降落转移到小村

顿时，喷香的炊烟缭绕房梁

缸里的水满了

灶坑里的柴多了

小院里飘出小米香

那是一幅和谐的画啊

那是鱼水相亲情亦长

入夜，土炕上睡满年轻的梦
月儿轻轻爬上窗
更有战士夜未眠
夜巡逻
伴钢枪
又一声鸡鸣唤黎明
不见了炮
不见了枪
不见了军号红缨子甩
不见了水桶井边响
只留下满屋子梦的影
炕席上飘
土屋里晃

日月随时走
多少心事抛脑后
唯有土炕上的梦扯肚肠
推开房门尤见当年的影
墙角的钢枪咔咔响
当年的"八路"今何在？
几回回村口翘首盼望

车过乌江

未见面时，江水已翻滚成心浪
一段铁打钢铸的岁月立起来
光明与黑暗投影在心空上
一支被追杀的队伍站在江岸
遵义在前，杀戮在后
抢渡！时间在叫喊
江水、竹林、石头，纷纷武装
给打了绑腿的人呐喊、注火

随车轮缓缓驶过江面
我追逐山谷里的碧波远去
乌江，我的生命之水
还认识我吗？我是你漂染过的军衣
我是你浪举的枪戟啊
看，岁月苍黄，黔山老去
我的军衣浸润的水痕成碱
你的涛飞浪遏筑成我的夜梦心语

车过乌江，轰隆几下就远了
我的心又几番回望
回望你的长流如练
我的魂魄一缕

亲亲，我的赤水河

赤水，一条打过仗、承载过战争的河
赤水，一条染过血、期许大爱的河
毛泽东扬手"四渡"之后再没有回来
留下一缕豪迈长守河畔

今日我来叩拜赤水，第一想到的是长征
赤水曾托起红飘带的一角
它不曾粗壮的身子负荷过枪炮马匹
一条绝路在四次诗意升华中逢生

是诗人的，都应该到赤水来
看一看这里的山峦是怎样变成动词
看一看这里的水又是怎样诗意流转
赤水，不仅酿"茅台"，也酿出战争的奇葩

我从远方的幸福中来，亲亲赤水河
它八十前就流给了我，清凌凌的赤水河
伤口已经复合，日子玫瑰般红火
遥远的记忆里有水飞浪遏，那是赤水河

又到红军街

比第一次踏访时，更神气
红军街，你知道我要来吗
走在这里，像走进一段历史的心脏
咚咚咚，有鼓声，有号声从山那边传来
撼动着脚下的石头

我小心静气地走着
不敢说我来过，因为眼前变化了
以至那换了包装的酒叫不出名字
红军书店的店主苗妹锁门了
她去陪阿哥走亲了，掷一片清冷

又一队新人走来，俨然树林的小鸟
他们闯进特产店挑心爱、看新鲜
一溜红军"竹雕像"吸住一群眼球
不走了，合影留念，带一个回家
加入他们生活的流光溢彩里

我将带走什么呢？
我住的城市繁华无比
不缺竹器和酒香
缺的是一分满足，一分净气
红军街，告诉我，这些我能带走吗

遵义会议会址留言

来这儿的人多了，比那年的多几倍
脚步从浮躁里抽身，从遗忘里抬头
历史终于醒了

耳朵让耳朵安静，眼睛让眼睛发光
聚焦一座城，倾听一个会议
命运从转折开始

人人和群雕合影，沾一身仙气
比高比瘦比衣着，走下来时
怎么比也矮一头

十月，我这样拥抱你

是梦吗？从四面八方飘来

飞向你，以虔诚的姿势，张开或合拢

扑向一条大河，一条长路

用儿子会见母亲的惊喜

以士兵热爱祖国的赤子之血

拥抱你呵，十月

十月呵，你从拥戴的五彩云中走来

身披盛装的金色田野

高举航天圣火的科技先锋

威震天空陆地的绿色大军

列队在红旗的波光里

聆听你奏响的第十九支圣曲

十月呵，我将怎样向你诉说

是江河汇成的故事，是大山高举的火炬

是金色扬花的稻浪，翩飞的凤鸟

从晨曦的晖光里振翅，起飞

注目你滚动的车轮，从天边

响彻了九百六十万平方公里的土地

这样的情景，这样的威仪

我和我的父辈盼望了一个世纪

马蹄铁铺满了血的道路

枪声震碎了霜晨晓月

红旗飘卷过城市和乡村

就是为了一个圆满的大梦呵

何曾想象，一个时代，崭新的时代

被一双大手托举在 13 亿人的目光里

那是小康人家的彩虹图

是金戈铁马的强军梦

是"一带一路"的伟大构想

是华夏子孙梦寐以求的盛世美景……

十月呵，我就这样拥抱你

拥抱你秋光镀亮的巍峨身躯

拥抱你霞光环飞的红旗

我还要接过你丰收后的重托

遵循你勇往直前的手势

劈山蹈海，创造属于中国人的伟大奇迹

我爬上岁月的年轮

我爬上岁月的年轮

一如母亲的肩膀

望见的是一条河流和一座山的跋涉

冬月的浅笑转身成爱的颜色

那颜色恩泽身边汪洋的田野

我的诗情再一次澎湃如潮

我们是在时光的交接处站立

手握眼泪又和欢笑牵手

大步向生命的悬崖走去

不怕折断诗歌的骨头

是的，背后是晨星晓露的余烬

在握的是沉甸甸的美好

尽管向前走去，不再回首

又一扇大门敞开了

曙光在远方向庄稼山河招手

是谁贪恋昨夜的酒杯美色

又是谁细数陈年的剩米稻糠

爬上岁月的年轮，追赶新升的日出

纵然是江山如黛，诗意滔滔

骨头呵，又长出一节硬茬

那是你我的火焰，诗的燃烧

在南昌，拜访一支枪

在南昌，我去拜访一支枪
它躺在嵌了玻璃的敞亮的展台上
一身浩然
一身正气
我悄悄走近它
屏住了急促的呼吸
生怕惊醒它的酣睡
它太累了

然而，它醒了
睁开惺忪的睡眼
站起来，英武神气
黝黑闪亮的体魄
几多斑驳
几多痕迹
它隔窗向我诉说
诉说钢枪站起来的日子
诉说祖国昨天的凄风苦雨

所有的眼光投向这里
所有的耳朵倾听这里
南昌之夜，星星悄悄隐退

暑热拧出水滴

握枪的大手青筋在跳

血丝的眼睛盯住准星和扳机

食指的后边是耸立的山河

食指的前边是霞光绚丽

扣动枪的扳机

就是这一个简单的动作

带给历史的将是翻天覆地

透过重重的山峦云层

你听到了吗？那清脆的炸响

积云炸开了，暗夜撕了

茅屋里呻吟的，地道里梦呓的

你听到了吗？那响彻八万里的枪声

在黄河之涛，昆仑之巅炸响

这是决定中国命运的一击啊

这一击之后，大地有了阳光

华夏有了崭新的传奇

南昌，为拥有这第一声枪声而骄傲

南昌，为拥有这第一声枪声而光荣

你这建军史上的第一座丰碑

高过雄鹰的翅膀

我的脚步轻轻走出展厅

告别一支步枪

告别一部电话机、告别一个红袖标

而我的心

经常抚摸南昌城的城垛

抚摸那段历史发黄的书页

擦拭父辈为我们流下的血迹

在南昌，拜访一支枪

37

致敬，最红最美的旗

环顾五彩缤纷的金色大厅
沸腾着阳光的笑脸、大海的浪波
朋友们啊，此时此刻的我
为什么春风满面精神矍铄
我的目光如烛般的明亮
我的胸膛似大地一样辽阔
我的心比一滴水还年轻
我的面容犹如晨光中绽放的花朵

就在这样的历史交织的时光里
我总是在数一串青铜般的文字
它们来自一片不同寻常的湖水
它们来自一阵冲天的炮火
它们来自一声"站起来"的声音
那是国旗、党旗、军旗组成的
新世纪的创世图腾
神奇而庄严的巍巍碑刻

我曾问过脚下的土地
何以四季花开累累硕果
我曾叩问耸立的高山
何以青春不老巍巍峨峨

我曾含泪抚摸流过血的河流
何以奔腾向前气势磅礴
我也曾和路旁的老人攀谈
何以岁月不朽青春似火
我也曾亲吻戴红领巾的孩子
何以彩云般的轻盈
小鸟一样的快乐

历史就是一条不老的河流
而我既是青年又是亲历者
我亲历过家国破败的伤痛
也仰望着"神十五"游天的壮阔
春风一度度吹遍原野
楼宇春笋般长满山坡
安闲后我常常感恩这个时代
感恩眼下这个伟大复兴的新时代
鲜花的背后总有泪水滂沱
我回望走过的风雨征程
我哼唱霜浸血染的战歌
我抚摸根扎大地的初心
我眺望梦想在远方的大美景色
有一片红从东方升起
照亮古老而神奇的山河
那铺天盖地的红啊
它是天下最美的图腾
它是天下最美的颜色
那红，浸染我们的血脉灵魂
那红，托举我们不屈的骨骼

是啊，跟随它
我们行走了近百年
也砥砺了近百年
爬过的雪山与青山绿水拉手
幸福与安宁、城市与农村同乐
一穷二白改写成人间的神话
中国已登上世界腾飞的快车

朋友们呵，可记得
我们身处的新时代
那是旷古以来最美的大时代呵
那是国富民强军强的好时代
党之坚，路畅之
国之兴，民存之
军之强，国安之
前路何其远
梦想何其多
风正阳光灿
政通民亦和
你、我、他，都是民族的血
他、你、我，都是祖国的歌
前程无限好
大路待开拓

我是奋发的年轻人
我是不屈不挠的耕耘者
在这神圣的日子
在这不凡的时刻
让我们——

致敬，最红最美的旗
致敬，最爱最亲的国
致敬，最忠最勇的人民军队
致敬，最新最美最好的生活

献给新中国的十四行诗（六首）

之一

我庆幸，苍莽的大千世界之中

神之手将我飘飞的灵魂降落

降落在雄鸡昂首的龙的故乡

我才有了泰山的脊梁、黄河的琴韵

有了诗经楚辞汉赋唐诗宋词元曲的文化之根

嫦娥的神奇为我插上飞天的梦想

愚公移山的传说使我一生坚强

在汉字的魔方里我读懂了人之初

和人之后的做人理念

在儒道法的思辨中我饱尝了人生的六味

高粱大豆稻花谷子的芬芳强壮了我的体魄

五十六个兄弟姐妹的风采令我陶醉神往

我骄傲，我是中——国——人

我感恩上苍，给了我一个好得不能再好的祖国

我感恩上苍，给了我一个美得不能再美的家园

之二

此时，是子夜，是一个神秘日子来临的前夜

万籁俱寂，黑幕笼罩。我点燃七十支蜡烛

为您合十作揖。为您祈祷祝福

新中国呵，明天——十月一日就是你七十大寿的诞辰

我采集往日的所有的欢乐和祝福

献给您，我的肉身和灵魂的摇篮

此时，我谛听，您正穿越，以腾飞的脚步向我走来

走进一个盛大的节日、欢腾的海洋

曙色未开之时，我必须完成祝福的心愿

请您收下一位老兵儿子的庄严敬礼吧

他在您的怀抱里分享了一生的幸福与辉煌

这是我唯一回报的方式

烛光在夜色里轻轻地摇曳弥漫

弥漫成节日的欢歌如潮似浪

之三

丽日下，我走进它——天安门广场

它曾是历史的符号、招来无数景仰

就在十月定格的蓝天上有一个声音

已回荡了整整七十个春秋

盖过历史的天空，大地的苍莽

那声音时刻在我的心中萦绕轰鸣

不曾有一时的间隔与停歇

"中国人民，从此站起来了……"

伟人毛泽东已离我们远去

他身后却耸起了不倒的大山和大江

一句话，让新旧世界断然分开

一句话，使一个国家幡然新生

那声音我是从课本上听到的

在历史的回音壁上我听到了那声音钢铁般
的回响

之四

我曾一次又一次感恩我的母亲
她走了，她走时将我交给您——祖国
祖国在我心里逐渐膨胀、扩大
变成我生死不离、朝夕不舍的亲娘
祖国呵，我从苦难中感受了您的慈爱
我从行走中体味了您宽大敦厚的肩膀
您从来不让苦难走进我们的生活
更不让外强骚扰我们的家园
您把五十六个儿女搂在自己的怀里
把脚下的土地耕耘成人间天堂
每当呼唤您——祖国，我热泪盈盈
是您的博大、宽容、仁爱、慈祥守护了
中华的神圣尊严
世上所有的爱，惟母爱至上至尊
祖国对人民的爱胜过母亲的胸膛

之五

那夜风很大，我住在长城脚下的一隅
透明的玻璃窗隔开夜色与风涛，一明一暗
茶香和荧屏伴我收拾一天的惬意
于是，我尽享古长城护围的幸福
她一如母亲的臂腕和胸膛
使我的心境有了超然的舒适与温馨

就在这一天，天外传来"人体炸弹"的恐怖
还有伊军与美军对垒的枪声炮声
华尔街人，躲避金融风暴的叹息
南亚某国人，正经历兵变的血色黄昏
而我们，中国屋檐下的华夏传人
此时，正享受母亲般的抚慰与安宁
祖国的安宁是最大的安宁
祖国对人民的爱是心中不倒的长城

之六

新中国啊，我对您的爱是圣爱
新中国啊，您对我的爱也是圣爱
圣爱是什么？无以言表
它超越物质的一切羁绊而滋生
我亲吻您脚下的陶片和甲骨
我拥抱您版图上的山脉和河流
我熟读您的《诗经》《离骚》和《论语》
我徜徉在您的五谷扬花的美丽家园
所有这些，滋补冶炼成如今的堂堂男子汉
您是一位博大心胸慈祥深广的母亲啊
洪水来时，地震来时，暴风雪来时，
是您宽厚的大手，为我们撑起一片蓝天
祖国啊，我懂得爱不光只要给予的温馨
爱您，更要我参禅的虔诚和赴死的勇敢
物质之上
它从远古的苍茫中走来
穿越历史的山峦和天空
时而发声，时而闪光

亮亮的，暖暖的，时隐时现

它来了，它走了，时弱时强

像遗落在沙漠里的一颗红宝石，闪闪灼灼

又像遗忘在古塔飞檐下的风铃，叮当作响

它是埋藏在心灵深处的那一份初心，情深意满

它是千年岸边的点点渔火，熠熠发光

它是五千年刀耕火种的心灵智慧

它是《诗经》《楚辞》《论语》的遗韵回响

它是植根于华夏躯体里的殷红血液

它是陶片、甲骨文、碑刻上不朽的华章

我们自然地传承、天经地义地崇拜

一代一代疏浚中华文化的河流

一代一代令我们骄傲的中华脊梁

暂时的遮蔽不等于永久

一时的迷惘不等于遗忘

世代锻打的文化精神永不泯灭

它无处不在

引领我们的精神扬帆远航

它是什么

它是存在于物质之上的精神神灵

它是超越于空间之外的文化殿堂

无助时，它会悄悄伸过手臂

寂寞时，它会轻轻把编钟敲响

"子在川上曰，逝者如斯夫……"

时间似流水，可是它，不会消亡

就像万条小溪归大海，风波万里

就像时间的河流，浩浩荡荡

它是什么？它是一种精神的回响
它在哪里？它在灵魂和血液的航道上飞翔

写给祖国的圣词（十首）

之一

当我离开母亲的脐带
便落入您的怀里
您用高山之高、大河之长包裹着我
在您的搀扶下学步、成长
您就这样成了我跪拜的图腾
除您之外
我不知道还有什么值得我爱恋

我要朝您跪拜
向着山脉、向着河流、向着黄土地
乃至一个眼神，一滴泪水
一块染血的石头，一片远古的陶片
那就是您的精灵啊
其实，您是无处不在的神
于是，我捧起脚下的一抔土
亲吻

之二

我注定是您脚下的一棵草

然而，不卑微，不纤弱

露珠当饮，风暴可挡

默默中淬炼成刀剑

即便燃烧也变成冲天的火焰

草有草的本性

我知道我的根扎在哪里

就是干裂的岩石缝隙

抑或地下我也会深埋储备的爱情

万念之上，稳坐着你的灵光

之三

那段岁月我有马尾草的幼稚

常常把报答寄托来世

我只记得叱咤风云和英雄的诱惑

却忽略了一抹绿一粒石子的真诚

母亲不会拒绝一朵花的心思

化作一片雪花也会撼动一个冬天

您从来不说什么

沉默里装载沉默的河山

您把梦托进花草树木的叶脉里

像母亲守着婴儿的摇篮

破解了云的密码之后

我瞬间长出了翅膀

衔来一股风的力量

之四

那天，我去大洋彼岸

离开黄土地的气息
短暂的分离却让我有了丢魂的感觉
我不知道之后会怎么样
最后的拥抱会不会永恒

我决意带上一粒石子
那是拣自黄河的鹅卵石
石头里有我与黄河的对话
有石头相伴
我会有归属的厚重

之五

那是一条流自阿尔卑斯山的河
它的长臂挽着一座城市的细腰
碧水托举罗浮宫的华丽
长波吟唱巴黎圣母院的神话
一波一浪都有金子般的涟漪

可我怎么也不能低头
我只有收藏起艳丽的词汇
揣回心中的火焰
我最后在心中默念
塞纳河，我不能爱你
你不是黄河，你不是长江

之六

您把一朵花种植在我的心里
我便调动五脏六腑的精气神

引来河流招呼云彩
又采摘星光月色
调研七种颜色的精彩

我明白，种植之后您便离开
提着灯笼站在高处望着我
望着黄河的浪花岸上的族群
我必须自己制造养分开垦土地
自己播种幸福

之七

很多大气儒雅的词汇被先人带走了
做成炫耀您、感恩您的光环
接续您的文脉，吸纳您的血缘
我只有把您的山石搬回家
做我的名字——峭岩
以坚强的名义把您供奉

峭岩，从华夏词海里闪身
跳进母语的姓氏之海
镀一身铮铮作响的光芒
这样，我会天天听到您的呼唤
喊我的乳名，出行和归来
亦如母亲

之八

我从您的襁褓里落蒂

正是您从苦海上岸的时候
我在旷野里挎篮行走
我在饥饿的人群里寻觅粮食
春天在远方

仅仅七十个台阶
台阶上刻着拉纤人的影子
您在前面逆着风暴领跑
五个年头一个跨越
从贫穷到富强
道路上雕刻着一个个染血的膝盖

之九

夜幕合眼时是心安静的时候
最静的时光里感恩就上岸
我的心触摸界面
那突起又发光的是一段日子
是我愈合花开的原野

那么沉重、那么多灰暗的颜色
都消失了
天空换上永恒的蓝
一个叫新时代的行者
带着我们踏上特色的征程
我在她的光明正大里做人

之十

我是一个士兵

士兵与您是神和护卫的关系
星光下我把您举上月亮
我决意做一粒子弹
等待您的口令

往往我的大脑荧屏上
总有一个在天空搬运石头的人
他又回到大地上搅动风云
他把梦的最美的情节交给我
我就是战地上那一缕诗魂

写给母亲，我的祖国（组诗五首）

面对大步走来的盛典，我的积蓄了七十年的"镭"和"铀"，那是一条湍急而澎湃的诗歌的河流，有什么可以阻挡我的呼啸，我要向着神圣歌唱！

——题记

以站立的姿势和祖国在一起

当森林般的手臂高高举起，举起
庄严，举起火焰般的彩虹，举起
豪迈，举起高山的巍峨，大河的义勇
请等一等，我要飞向一座灵魂的城堡
请他们回来
和十月的麦浪一起欢呼，雀跃
和十月的旗帜一起飘扬，泛红
他们先于我们永别了爱情
他们是一列特殊的青春方阵
他们是母亲血液里强悍的基因
是我们的连襟姐妹、同胞弟兄

战争就这么残酷，残酷的像毒蛇

战争就这么伟大，伟大出豪杰英雄

为了祖国版图的完整

为了祖国美丽的笑容

他们用身躯挡住敌人的射杀

他们用热血换来国民的安宁

我是说，

庆典的队伍里不能没有他们不倒的旗帜

我是说，

祝酒歌里不能没有他们充血的歌声

我要请他们回来，回来

以站立的姿势和祖国一起欢腾

升旗的旗手啊，请你等一等

东方的红日啊，请你等一等

我要飞回烈士长眠的家园

请他们回来

和大海一起举起站立的声浪

和孩子们一起舞动沾满泪水的花丛

这样，我们手拉手

和高科技一起喷吐烟花

和新时代一起结成庆典的阵客

他们是祖国千百万块骨骼啊

是祖国背后坚挺的脊梁啊

是我们走远的先驱大梦

在南疆，在北国

在海上，在天空

他们在谛听天安门广场新的誓言

他们在眺望红旗下耸立的一座座山峰

祖国，我触摸到了您

哨所很静，但能听得到心跳
能听得到云彩流动的梦呓
不要说这里的石头无言
也无需绿林的阴凉，草坪的暖风
我只需要母亲温热的眼神
我只需要边境月光流水般的宁静

此时，大地在我的枪口下酣睡
我的枪是唯一醒着的神经
我要悄声告诉您，告诉您
当山脉河流安详的时候
当我的自豪冲上喉咙的时候
我会想到一个庄严的词汇
祖国——我的无处不在的母亲

哨所，版图上的一个标点
高山亮出的一颗眼睛
它离繁华最远，它离孤独最近
它就是母亲放飞的一只风筝
那线，是母亲的脐带
而我是为祖国站岗的士兵
祖国，是军人的全部生命

是的，在寂静的最深处
我触摸到了祖国肉体的存在
飘雪了，一列青菜沿路上山
春天来了，满山杜鹃花山呼海应

高铁，穿越地心隆隆而过
嫦娥，长袖飘飘游过长空
叮嘱，来自远方的云朵
慰藉，始发黄土地的柳绿，花红

有一滴眼泪属于祖国

我敢说，我的泪腺十分发达
那是幼年的苦难给的
战乱中母子骨肉的分离
一个陌生人感动的赐予
春天的一捧救命粮食
都会使我泪水滂沱哭泣噎声

那段日子已写进河流
接通河流的却是岁月的跃升
房屋的加固，田野的播种
一寒一暖都在指间流动
终于有了温馨的家园，做人的尊严
每当此时此刻，此时此景
我的泪水常常跳出眼睛

今天，我决意为祖国流一次泪水
在她七十寿宴的尊容面前
在她为我打理的爱情面前
祖国在上，她是我生命的神
让泪水从五脏六腑里流出来
让泪水从二百零四块骨节里流出来
那是灵与肉修炼的舍利子呵

让我挂在祖国丰腴的胸前
权作儿子对母亲的馈赠

纽扣后面的风景

是谁撤走了心脏上那片苦难的海
是谁驱散了肺叶上那块灰暗的云
有一缕阳光驻在胸膛里
有一股爽风荡漾在肋骨的缝隙里
这就是纽扣后面的风景

纽扣后面的世界才是我们的世界
这里有森林吐纳的氧气图像
这里有阳光的慈善的笑容
这里有鸟儿歌唱悠扬的翅膀
这里有无数条舒畅的血管纵横

有一个叫"改革"的先生
打造这片土地四十个年轮
这是我的胸透照片
十四多亿人都有的健康证
眼下他正医治"脱贫"这块阴影

清晨，第一声问候

我决意在这一天最早起床
把第一声问候送给太阳
"您好！祖国！"
把它交给爽风和大海

举过高山之高，大海之阔
在日出的第一波光芒里

"您好！祖国！"
是我蕴藏了七十年的词语
血与泪、苦与难交织的钢铁般的爱恋
它是心中堆积的，血与泪凝聚的声音呵
砸地地有坑，抛天天冒火
只有在这一天喊出来
是绿叶忠于根的见证

脚步赶在黎明之前
心翼赶在庆典大军集结之前
我怀抱这样的信仰
母之大，在于人之根
国之大，在于民之本
奔向最高的心灵之巅
向您喊出带血的声音
我永远是您黄土地的一块青铜呵
祖国呵，向您致敬的目光高过云层

钓鱼岛，祖国的孩子

钓鱼岛，我的孩子

你好吗

浩渺苍茫不是距离

你是华夏海域的盘石

你是中国母体的呼吸

你是我永远的血脉呀

钓鱼岛

钓鱼岛，我的孩子

你记住了

遥远不会割断血脉

狂涛撼不动山体

你是家门口一块神圣的碑刻

你的户册叫中国

钓鱼岛

钓鱼岛，我的孩子

我告诉你

不要听信天外的传言

他们拿"安保条约"说事

那是强盗和强盗的交易

正上演一出人间闹剧

钓鱼岛

钓鱼岛，我的孩子
你要相信
正义不会低头
中国不会取笑无理
从不以强大压人
更不会把你丢弃
钓鱼岛

钓鱼岛，我的孩子
你安心吧
星空下你坦坦荡荡
汪洋里你巍巍屹立
我是你的娘胎脐带
中国日夜把你搂在怀里
钓鱼岛

钓鱼岛，祖国的孩子

郭明义，大写爱的人

面对你，不知怎么表达我的敬意
此时此刻，我才顿悟
诗是苍白的，在你面前
高谈是无力的，在你面前
怠慢是羞耻的，在你面前
假如身旁有一个需要的兄弟或姐妹
我真的会站出来
肢解我吧，哪里有爱
就从哪里下手

这个夏天，太多的地震、水患、泥石流
也有火车脱轨、飞机坠毁的噩梦
因此，也有太多的悲壮和豪歌
你，豪歌的最红部分
以血的另一种流动升华了精神
流血，那是在猝不及防面前
那是在灾难倾倒面前
而你，在号角没有吹响的时候
以自觉的姿势
以血的无价和亮色
打通一个个生命的通道
让生命起飞

一切都是自觉的
悄悄走向，走向生命的悬崖
悄悄输出，输出心脏的跳动
血，映出灵魂的美丑
血，凸显品格的高下
献血，就是献出生命的熠熠亮丽
献血，就是把生命的活力割爱给青春

你以二十年的默默奉献
又一次拷问我们
人，到底为什么活着
仅仅为一日三餐吗
仅仅为钵贯盈满吗
回顾左右
还有更需要的人
伸手给他们吧
生命之河会更加绚丽缤纷

还是那首老歌
"只要人人都献出一份爱
世界就会变成美好的人间"
我们的爱呢
你献了吗

还是那走远了的背影
五个纽扣后面的胸襟
历史还记得一个士兵的故事
发烫的日记还在召唤

你践行了吗

读你，我一遍又一遍梳理

原来爱就是你我

爱就是你我相加

爱，不分高官与庶民

爱，不忌地域与时辰

爱的标识也不仅仅是献血

更没有框定与划分

爱是一种感动

爱是一种温暖

爱是一种给予

爱是一种精神

它从善的此岸出发

到达善的彼岸

爱与爱的牵手

就是爱的浩瀚森林

善与善的汇流

就是美的大海汪洋

当这样的爱成为人类的最大诱惑

而不是金钱

人间还有眼泪吗

我感谢九月的秋风

从遥远的北疆鞍山传来如此的感动

画外音这样说

爱可以传递

善可以激发

你是雷锋的传人

你诠释了爱的永恒

我的诗听到了呵

我的心听到了呵

清风从北国徐徐吹来

涤荡了初秋的早晨……

郭明义，大写爱的人

祖国啊，请您检阅

——写在新中国成立 60 周年盛典时刻

这一天，所有的歌声鲜花向天安门聚拢

这一天，所有的山川河流向天安门进发

这一天，所有的英气潇洒向天安门涌来

这一天，所有的情愫怀抱向天安门敞开

60 年啊，奋斗拼搏的 60 年

60 年啊，凯歌捷报频传的 60 年

我们要向祖国汇报

请祖国检阅我们的履历和征程

天色尚早，大地一片沉静

我们喊醒

着了新装的黄河、长江

我们喊醒

披了绿荫的泰山、昆仑

大漠在兴奋中醒来

昨天，今天都在亢奋里醒来了

踏上走向天安门的大路

让我们携上井冈的星火

长征遵义的霞光

携上延安的信天游

西柏坡的高粱红

让我们携上大庆的石油歌
大寨移山的夯声
携上罗布上空的神奇彩云
神舟航天的五千年美梦

天色尚早，东方露出微微霞红
通向天安门的大路上
人头攒动
鱼贯而行
人民军队阔步走来了
旋起"革命化、正规化、现代化"的雄风
擎天的刺刀架起越不过的高墙
坦克的洪流呼啸着十月的长风
特警官兵站成攻不破的堡垒
维和部队肩负着人类的义勇
一艘艘军舰在海上列阵待发
一只只雄鹰立地等待升空
红军的后代们都来了
黄继光、董存瑞的兄弟们都来了
雷锋、丁晓兵的战友们都来了
脚步铿锵，几代英风
向天安门集结，靠拢

天色尚早，旭日东升
红星红旗正站在天安门的旗台
国歌已在军乐队的管弦上待命
放下收割机的农民来了
手握电钮的钢铁工人来了
描绘祖国蓝图的设计师们来了

边陲海岛的红领巾们来了
汶川新家园的主人们来了
台北水灾后新生的农民们来了
来了
来了
来了
自豪，自豪臂挽着自豪
欢笑，欢笑手拉着欢笑
是高山，一山高过一山
是大海，一涛胜过一涛
我们——华夏的当今子孙
来了
来了
来了
站在世纪的圣坛之上
向祖国报到
祖国啊，请检阅吧
60 年的大治蓝图
13 亿人民的阳光大道
让历史见证吧
见证一个划时代的荣耀
中国——东方的近代神话
中国——华夏民族的伟大骄傲

清明，我哭一缕孤魂

清明，我是说那如期而来的雨
从杜牧的笔下飘落
一飘就是千年
从此，这一天
这酸苦的雨，很疼，很冷
凝固了行路人的眼睛

春天，不会因为春天而娇媚
反倒欲显凄清和凝重
我不要雨后的麦苗如浪
也不要打湿了杏花的粉红
我被牧童的长鞭指引
寻一个僻静酒家
与酒同悲，哭疼每一滴雨星

我不为别的而饮
只为早年的一个悲痛
在故乡黄土堆前拉住一缕孤魂
孤魂是我扛枪的堂兄
为了土地和庄稼
他的魂照亮了保卫战的黎明

堂兄死了多年，那个射杀的炮楼倒了
倒在一片阳光的欢腾里
伯父没有下地，酒和泪陪他一天
伯父不再为失子而悲伤
伯父却为一朵红花而光荣

清明雨，决意为一位孤魂而飘洒
淅沥而泣，沙沙而鸣
我疯了的思念飞向苍茫的田野
把我浇个死而复生
清明雨，让我回到生命的源头
只要为死亡疼过一次
就会更加尊重生命

大河，你是不朽的

有些事物是不朽的，我是说

从远古跋涉而来的黄河，长江

从巴颜喀拉山、唐古拉山底部爆动

由涓涓细流汇聚而成的大水

雪山，高原，丛林，田野，草地

它一跃而过，一路洒下一条条不屈的身子

大河是一个民族的血

又是人类生命的摇篮

这个过程值得我们深思

抑或是一部现代人哲学的宝典

假如它刚刚诞生，说不准它的未来

可它已奔腾成一条巨龙

已是我们向往的诗意图腾

那恩泽的汪洋啊，覆盖了昨天，今天

也许，由于生活，由于赶路

忽视了不少事物的生灭

比如春天接替冬天，月缺迎来月满

饥饿已被丰腴代替

舒心了，也总是忘记不顺和坎坷的留痕

花儿准时开，庄稼随季长

这些天地轮回注定是天的定数

是天道，也是人道
不是吗？不是吗？
我站在大河的岸上，对着浪花
对着滚滚向前的大水说
你是不朽的，一个王朝随水走向远方
又一个时代逐水启航
战火，刀剑，杀声，喊声
都在大水里沉没，又站起

我相信，有些事物是不朽的
那是黄河，那是长江

时光背后之思

看到和没有看到，它都是真实的
时光之外，它结着果实，暗中输送我们
最早，它杀出黑暗
举在路口，不惜燃烧自己的骨骼

从城头，到壑口，乃至墙角处
它探出头，呼唤黎明前的夜莺
跑在风的正前方，告诉人们一个伟大的事实
最前方，是一个非凡的世界

这个之外之光，缄口多年
却活在今天的季节里，扬雨，扬花
给我们衣服和粮食，二月河开，三月燕来
这光，度我们一路向远

站进庄稼的背景里

我再一次从史页上脱身

抓住今日之岸

最好站进庄稼的背景里

做一棵会唱歌的树

身后，是一条曲线的路

正好与我们重叠

路是飘逸的，直直，曲曲，弯弯

蛇的爬行，翻山越岭，钻进和突出

风声，卷着雪粒

好似有马蹄的敲击，火花四溅

在一片田野面前，停住

巴颜喀拉山眺望白云

是时光瞩目庄稼的情感

庄稼从那时起，有了真实的童话

路变成无数条输血的脉管

强大的生命，强大的支撑

历史与今天的勾连

是一个天然与造化的契约

拾起一些丢失的光芒

大雁朝南，飞得久了，就折返
它回来，寻找行程中丢失的一朵云
一位老者，沿袭一条路，寻觅一粒石子
它们，都是伟大的哲学者
懂得丢掉的，也许是最好的秘籍

是的，激流一泻千里
泥沙俱下，夹带着不该走失的时光
是的，群鸟追逐丛林
翅膀扇动，错过正在燃烧的樱红
翻阅诗经的浪漫，遗漏了尚书的民邦教程
我潜回夜色，重启黎明的闸门
在北斗大放光明的时候

允许急迫与忽视
不宽容故意与否定
折返后的重新审视
让真谛回归真谛
声音，是可以回来的
声音，是一段历史的哭笑
落地后，被时光收走
它貌似走远了，却在原地不动

声音,那些决定命运,召唤未来的灯盏
会飞回来的
是在枯萎返青之后,大地萌发之后

同样,有一种声音是埋不住的
就像阳光,就像空气,就像人心
只要真理还活着

把秋天举过山顶

对于秋天，有一曲祭歌深藏在一个秘密里

几十年了，不，它的年轮与今天的纪念时间相等

一个搪瓷水杯和一小块长方形的白布条

血刻着同样的文字：中国人民志愿军

是叔叔留在这个世界的最后遗言

他走时，有一条腿留在金达莱的花枝下

他的魂只在村庄的上空绕了一圈

梦里我摸到他的大盖枪，发烫

叔说，记住我，我叫"志愿"

我是为赶走家门口的狼群而过江的

冬雪啊，披了一身化成妈妈的眼泪

熟睡中翻了个身就冲上山岗

战争啊，浑身长满吞噬人肉的牙齿

一口炒面，一口雪的日子哟

催熟千里冰开，万山花放

叔说，那个岁月是神话的一截

人是铁铸的，钉进雪窝里做雕像

哪里是树啊，一根根烧焦的木桩

哪里是山啊，一堆堆战死的脊梁

一个苹果在战地传来传去

再干渴也要把生留给身后的眼睛
记住，记住，松骨峰刀尖上的血迹
记住，记住，鸭绿江上冰凉的月亮

把叔叔埋进秋天
身子朝向水流，眼睛望着故乡
我把秋天举过泰山山顶
把香火点燃，交给秋风传递
那是离天堂最近的地方
也是离哲学最近的地方

阿里边防素描（五首）

阿里在哪里？

阿里在哪里？请问挎枪的士兵
一脸的高原红会告诉你
那里是有气缺氧的生命禁区
话不要说的太多，一句话就是一节生命
风很大，雪很冷，会哨的人
见面拉一下手，权作最好的恭敬

哨所的身躯，镶嵌在生冷里
风作鞭，雪作窟，阳光作巢
枯燥里加一点咸涩的味道

去找这里的哨所，无需问路
向远方，一团红融进瓦蓝里
红旗告诉你，这里有一群人民的子弟

军嫂上哨

兵哥托梦千里
军嫂要来，不要带别的什么

把离别的相思包进菜籽里
见面头等大事，进沟
先拨开冻土给种子一个好梦

一棵青菜，一点绿意
是爱的青春火苗
把它请进窝棚里作星星
慢慢抽芽长大，捧着，护着
在骨骼的夹缝里孕育

马坟

巡逻，依然是骑马走单骑
马是一块铁，是战斗力，是无言的好兄弟
险滩危机四伏，石头绊脚伤蹄
下来，牵着马走
夕照下，拍一张风雪巡逻的倩影

战马失蹄，掉下悬崖陡壁
用泪水合着乱石建一座马坟
插上一枝格桑花作幡
点一支香烟作烛
再留下一个军礼
梦里有马嘶长天，蹄敲大地

石头的一生

石头，俨然是这里的主宰
它不说话，静卧哨所，仰望星空

风咬，不动
雪浸，不疼
埋在寂寞的时光里

它跳起来，跳上钢枪作火
踩在脚下生风
战士把石头一块一块唤醒
集合，站成一首诗的模样

外围，一条界河缠绕
核心，石榴籽般的嵌入
一个大大的"心"字殷红
仰望阿里的太阳

烈士魂

一座墓，俨然睡着了
谁知道地下的世界，有一双未合的眼睛
一色的黄土，埋着不一样的人生
他走时，家乡的姑娘已备好嫁衣
死神抢先一步，把幸福堵在巡逻路上

一条生命，做了阿里版图的符号
似乎生命禁区有了别样的生动
生也豪杰，死也鬼雄
冷雪属于他，缺氧属于他
还有如期而至的鸟儿，叼着一片枯叶
丢在墓上，陪伴迟到的爱情

时间的特殊馈赠

庚子春节，最珍贵的礼物是时间
时间，把太阳、月亮交给了我
我用来该做什么？
写诗已无足轻重
翻看手机也无足轻重
真的，把失落的惊恐找回来
把逝者的梦找回来
思忖，或反省

这个世界本来是我们的
喝茶，饮酒，盖楼，耕田
上班，科研，旅游，登山
把办公楼打扫的洁无尘埃
把楼盘盖上城市的云端
甚至，趁风月正好
我们约会迪拜的天上人间
这下好了，上天下了死令
肺炎，新型的，有门不能出
我们都被打回原点

时间是一张白白的大纸
让我们重新迈步，重新写诗

重要的是我们重新认识这个世界

重新让善良回归心的田野

栽种自由，也栽种厚德

我们留一块"自教自醒"的时间

面壁修心，修道

做一个"天然合一"的自由人

还给我们那些至美的面孔

白色的光芒里
只能听到那些甜美的声音
甜美的声音，来自少女，母亲
壮美的声音，来自青年，父亲
昨天，属于校园、家庭、军营、警营
属于盼归的孩子、期待的爱人
一夜间，那声音被防疫服阻隔
更失去往日如花如蕾的笑脸

我知道为什么凄然的笑，笑无声
猖獗的瘟疫，狠毒无情
我理解大爱的价值天高地厚
可舍不得那些人在疫区煎熬日子
多希望春天早来，美丽的花朵重现
我对疫情说，快离开
我对病友说，挺起来
春天的鸽哨已经吹响
摘下口罩吧，武汉，中国
把甜美的声音还给我
把美丽的笑脸还给我
还给洗礼过后的秀水蓝天

这个春天

这个春天，我是说这个春天
——庚子年的春天
以白色的单一色调的姿态
绽放，覆盖，笼罩，氤氲着
这个世界，它以独特的语言温度
抚慰这个世界里所有的生命和呼吸

白色的花朵，注定是这个春天所有的颜色
它内涵了一个冬天的钙和铁
雪一样的白，十四亿人蜗居的梦语
冰一样的洁，十四亿颗心与心的比拼
铺天盖地的大，没放过一角天空和土地
在深情的眼睛里，从善意的河流启程
延伸，回旋，张扬，怒放，抛撒
从武汉第一声召唤，到天涯海角起飞的鹰翅
扯着一片白色的花海，沁入人心，拍打山脊

这个春天。迎春、玉兰、桃花、樱花，失宠了
白色的"英雄白"，统领所有的时光和花卉
以防护服、口罩、护目镜为代码
又以居家、闭户、洗手、消毒为暗语
以自我救赎的方式，救赎灵魂

白色的图腾，是这个春天的神啊

春天啊！真的不远
它就在我们每个人的心里做巢
一天天展枝、分蘖、孕蕾
假若，从此白的花朵是春天永久的颜色
我们何不用另一种方式绚丽自己

箭，直指武汉

那是由十四亿颗心锻打的箭

——射向武汉

射向冠状的、害人的肺炎

我为中国叫好，我为中华呐喊

幸福中国，特色中国

就在一个早晨，大军组成的箭镞

披星载月，一路奔赴

从春节的烟花、笑语声中起身

投入抢夺生命、投入灭杀瘟疫的鏖战

不要问白衣花季少女的坚毅

不要问妻子舍家的那个夜晚

不要问军人冒风雪出发的迅猛

不要问帐篷如莲一夜间撑起一片云天

只看八千里路云和月

只看春风已度玉门关

武汉啊，你在祖国的心里

更是亿万人心中的灯盏

珍爱生命

今天啊，我的城市一片静好

我的乡村一片安闲

我哪儿也不去，独守家门

与书为伍，和心对话

扯来星月云霞

织一座心上花园

我与诗歌对峙

你坚挺了吗

我与瘟疫攀谈

你退却了吗

知道吗，一个人的灵魂干净了

世界才有美丽的衣衫

人呵，洗手吧

也许，这是佛陀的不老箴言

四月四日的警笛，告诉我

浓云飘过来，站在早街的晨曦里
告诉我，今天是祭日，准备好礼仪
手执白花，弯下腰，向死亡致哀
喜鹊从晨风飞向我，落在树枝上
告诉我，今天是国祭的日子
所有的国旗升在半空，向亡灵致敬
呵！我告诉我，今天是敬仰的日子
是召唤那些英魂回家的日子
悲痛和泪水需要确认，需要命名

十点钟，警报在喜马拉雅的顶峰拉响
分明是呜咽，回旋在心的旷野
中国肃立，山河肃立，人心肃立
三分钟的默哀，一百八十秒的洗礼
让我们回归内心，回归信仰的山脊
城市和乡村一起列阵一个姿势
老人和孩子一起含泪低首血色的朝夕
时间沉默在时间里，敬仰依偎在敬仰里
我们都跳进人性的河流而友善
我们都站上高尚的大典而英勇

就在此刻的我，子弹在飞，浩气荡宇

我的泪水已生根，绿透，红深
当然，我也有愧那些离去的人们
武汉，东湖，大桥，街巷，曾欢愉过我
如雪的樱花呵，留一首情歌唱黄鹤
危难时我在哪里？二月雪，三月雨
我未能走向疫战的盔甲而揪心流泪
今天，我重新站进你们离世的背影
用三分钟的默哀赎回我一生的哲学

我是一首危崖上的诗歌

我绝不是阡陌里的一根弱草

我是一首危崖耸立的诗歌

没有人为我命名

也没有人张榜受命于我

我为自己命名

也是父亲一生的意愿

父亲已走了多年

他最后的眼神留在田野

我认定那是父亲的暗示

那些由庄稼结成的兵团

就是诗歌的河流

我在泥土里扎根，自育而生长

鹰，飞过我的天空

就这样，大地的一粒种子

被一只鹰叼走

放在家乡之北的一座危崖之上

自此，我有了生命的起航

与山风、孤树、星月为伍

与河流、野云、夏雨合声

我承载庄稼庞大的魂魄

又忍受世人粗俗的眼光

我倔强地活着
吞吐诗歌的浆液
锻造自己的骨骼

我对大地说
我对丰碑说
是钢枪的意志给了我意志
是军人的信仰给了我信仰
偶然刮起的邪风扭曲不了枪上的准星
偶然飘过的乌云奈何不了子弹的方向
新时代需要勇者的投身
前方更要强者的梦想
我不会失声，更不会缺席
我在危崖上举着旗帜
我在危崖上做巢歌唱
我血我魂，当风当雨
孵化自己的太阳

青春，是党旗的一抹颜色

此时此刻，我听到一种声音

那是泪水掉到地上的声音

此时此刻，我看清一种颜色

那是涂抹在钢枪上的烤蓝之波

只有此时此刻，我才感到一种爱恋

是那样的难离难舍

只有此时此刻，我才摸到一种力量

是大河的汹涌，高山的巍峨

颤抖的手卸下肩章领花

它们飞向军旗浩荡的气魄

一个军礼，在庄严的口令中举起

它是告别又是出征的重托

一个转身，仅仅是方位的转换

脚下依然是拼杀的战场如火

军营、哨所、钢枪、阵地

在泪光中放大

拥抱、握手、叮咛、温暖

在胸膛上滚落

我的右手，放下奔跑的风雨

我的肩上，扛起飞腾的山河

军人，是我永生的印记

战斗，是我不改的性格

是啊，当兵的历史叫光荣

这段历史是青春的打磨

青春和祖国连接，就是母亲和儿子的拥抱

我的青春，是党旗一抹永恒的颜色

致敬！呼啸的山河

——此诗献给建党 100 周年

我历数你打筑在

历史长河中的金色路标

欣喜若狂地

端详你的七彩身躯

陶醉于你金戈铁马的浩荡之势

接纳了你雷霆般的精神

威武的现代化装备方阵

是高山，呼啸而来

是大河，滚滚而来

履带碾过的，不仅是今日幸福的欢声

而是从未消失的

枪垒与炮群喷吐的火焰

含恨的河流和喋血的土地

那林立接天的钢枪

和昂首苍穹的导弹发射塔

正映照着井冈的松涛

挽着古田、遵义的手臂

不再疲惫的队伍

以刚强健壮的肤色

述说征战雪山草地的悲壮

95

哨卡边陲哨卡的鸟啼

叱咤风云的战鹰

蹈海踏浪的战舰

高科技前沿缚敌凯旋的神奇

东方劲旅啊

是什么养分滋补了你的昨天

是什么神灵指引你

跨过了人间那段奇迹

在一个早晨

我看到了一面猎猎旗帜

那锤头与镰刀交织的圆心

凝聚了你多元的灵魂

自从她从南湖红船上升起

你最早读懂了她的内涵

风雨狂作的黑夜

你高举她的理想之炬

向北

向南

向东

向西

初心规范了你的行为

从此，由始到终

坚守不移

红色的血液滋养的你啊

任时代变换过多少面容

任风雨怎样的凄迷

你都不曾偏离半步

历史翻过的每一页

都有你光荣的献身与无畏

都有你前仆后继的身影

未擦干的血迹

你的怀里有一群赴汤蹈火的持枪人

他们是母亲的好儿女

无数次抗争与喋血

倒下，站起来

一颗初心令山河易色

你以匍匐的姿势向前

建构起自身的精神围墙

新时代如朝阳升起

你以极度的昂奋

投入时代洪流

投入一片崭新的精神高地

我的目光投向特殊的演兵场

那里没有枪炮

没有壁垒

没有掩体

没有一兵一卒的方寸荧屏啊

可驰千军万马

小小鼠标

能让导弹飞越云霄海域

哦，哦

我向一个个在位的士兵致敬

我还要动员我的不老青春

站进强军的强大行列里

重整军装，扎紧绑腿

做一次最后的冲刺
聆听你的号角
起跑在新的征途
一滴血，染红我的最后呼吸

仰望

我知道，我来自哪里

又到何处去

我的根，深深扎进被战火烧过的土地

叶茎，破土而歌

那年，我懂得了什么叫春天

有了生活的真正底色

我走向军营的时候

钢枪和红色证书，同时抵达

那是一个庄严又庄严的时刻

在责任与理想的双重奏响中

我加入一个叫"特殊材料"的队伍

梦啊，有了坚挺和巍峨

啊

一百年，风雨兼程

我和步枪一起走过

哨所前的山峦由荒返青

巡逻的驿路马欢车歌

我的步枪以国民的姿态

分享着一个五年又一个五年的丰收和欢乐

于不觉中

我们都成了幸福的花朵

这是什么造化啊

他——你——我——

十四亿人啊，九百六十万平方公里的土地

似乎在一夜之间

竟拥有了天——高——地——阔

一天，我解剖自己

我发现我的骨骼、神经、血液

无一不被阳光照耀

以致我的皮肤、毛发和眼神

都镀满一面旗帜的光泽

这是我生命的重大根基啊

这是我立足的高山、生命的长河

我的一切从此出发

我坚信：这是现代哲学的美好定义

是共产党人的不朽与浩歌

仰望，是我习惯的动作

仰望那面不倒的旗帜

——如山

仰望那面洞穿阴霾的旗帜

——如火

她总是在冥冥中召唤

让我奋斗，让我不折

让我艰苦，让我欢乐

仰望，使我有了感恩的情怀

仰望，使我有了做人的气魄

深度仰望，看到了自己的来路

深度仰望，看到了未来的大路通天广阔

仰
望

我注定大踏步走向时间
迎接风雷雨电，涛急浪遏
我和步枪一起生死与共
为国家竖起高墙一座

我们，托举着山河

几乎，世界一下被她叫醒
目光投向她
喊着一个浸染黄土的名字：中国
———题记

这是让人回忆和静默的时刻
我从喧嚣的市井逃离
拨开那些事物的灵光，炫目的碎片
把时间熬成盐，把光剥离开纷扰
把我的眼睛安放在最高处
仰望忽视的又是永恒的星空
低头思索一片绿叶的往事
是怎样翻过季节的肩膀
迎来一树的繁荣

我也总是思考一部现代哲学存在的意义
又是怎样地焠炼，以石化铁
诚然，站在面前的是一个宏大的图景
喋血的争战排列成飞翔的河流
沧桑的山脉应声而舞
我们从废墟中取出花朵
又从旷野里提炼火种

眼下，我站在原地不说话

只让意绪的浪花夹带着亢奋的石头

杨柳轻飏，奔向它

白鸽欢叫，飞向它

一个时代挥手告别阴霾和尘埃

又一个时代站上时光的顶峰

我带上一串串喜悦和感动

站在七月的面前

七月，俨然是蓬勃的理想图腾

是我们出发又抵达的岸

我以一个诗人的名义

向它汇报黑暗遁逃的往事

我的父辈站在田野挥汗成金的传奇

锃亮的带响的文字哟

绽放的唱歌的花朵哟

鸽群飞翔的翅膀哟

在光芒中起舞，在欢腾中欢腾

让我喷涌的思绪穿越时光的隧道

追逐那些闯夜的马蹄和硝烟

我一直演绎这样的画面

也一直回忆抹不掉的意境

那些打着绑腿的队伍和手执火把的人

他们从一片湖水出发

回来时，已是高粱红，谷子黄

我的目光，我的神往

聚焦我们生命扎根的部分

注定是诗和远方结构的愿景

镰刀和锤头相约

在一面旗帜上相拥相抱

它飞越雪山草地的生命禁区

抵达太行的一块高地

西柏坡静卧在黄土之上

它没有刺破青天锷未残的山脊

却有井冈山，岷山，六盘山同样的海拔

也许是上天的安排

进中南海之前最后的驿站

西柏坡交给我们一个理念

——不忘初心

西柏坡教会我们一个动作

——艰苦奋斗

从一而终的创世法宝

它可以摇动旧世界的堡垒

这绝对是智慧的选择

一位圣者的眼光

当我们沾满泥巴的双脚

踏上一段崭新的征途时

注定掩埋黎明前的黑暗

我一再审视宝典中的精神之光

甚或审视我的方位和言行

是否充沛和夯实

我的价值坐标在那里

他给我们信仰和笃定

所有的日子里不再有噩梦袭来

我们是自由人

醒来有炊烟中的鸟鸣

入睡有孩子般的梦境

山坡是十万朵桃花摇曳的海

家园是收留晚归长帆的湾

公路有来往的贸易

海上有自由的航行

庄稼不负时光地生长

花儿有雨露的担承

国家是尊严的

家园是温馨的

我们的手脚、呼吸、眼睛和诗歌

是自由的

像蓝天下追风的鸽群

决然是新的召唤

动起来，一切在践行的背后

而不停地争辩不如一个扎实的行动

用肉体去创造，用精神去攀登

身后竟有了大地山河的日异峥嵘

几乎在一个早晨

山河竟然是如此的魔幻

大门敞开让风从八面吹来

转型让生活有了多元的面容

城市啊，有了多彩的羽毛

乡村啊，那贫血的肠胃也更加饱满丰盈

我曾叩问南方的一个海边渔村

它站在楼群里和我招手示意

海风追忆它多难的血雨腥风

我也曾踏访太行的山村
一位老人用手机视频说话
为城里打工的儿子传递喜讯
他的老屋已加入新村的名册
他说，有这个宝贝陪着
可以听到山外的风声，雨声

格局变了，变得天高地阔
生活变了，变得日月醉人

它，高铁的巨臂从神话中驶来
像陆地上的飞机那样
它是真实的，真实的像手中的纸鸢
它缩短了山与山的距离
在大地上它是一粒飞翔的星子
我站在列车的门口
向一位西方的老者挥手
那个古希腊叫希多的人愣在那里
肯定，他在南方晨起，来不及做什么
三十分钟后，他已站在北方的晨炊里
难以想象，一杯咖啡的温度
竟然是两座城市之间的爱情
语言是神性的，尤其是诗歌
悬浮的列车比语言的跳跃还快捷
在它面前，鹰不再有骄傲的翅膀
生活变得更加真诚
人心也更加透明

他从太空归来，神秘可嘉

我和杨利伟说，把七月的种子带上
种在桂树下生长
玉兔是我的朋友
它需要地球的绿和氧
我还让他捎去一封信
是写给嫦娥的千年情话
把它埋在七夕的银河里
穿越时空的思念
也能长成爱情鸟飞回

看见那片烟波浩渺的大海了吗
大水这边是，港
大水那头是，澳
两座桥墩被一块木板连接
叫，港——澳——大——桥
我喊它，过来
认识一下七月的胸膛
我执着这样的逻辑
大桥，长长的手臂
是母亲搂着两个迟归的孩子

我们从空中俯瞰大山
贵州群山峻岭中的一个神秘天镜
它仰面朝天大笑
苍穹的星群做了它的近邻
它全方位地扫描和透视
为宇宙诊断心律和脉动
那是人类第一颗大地的眼睛
我来时，发明人已经走了

他把古稀的夙愿留给大山
魂魄已化为苍穹的一缕光明

假若我乘上鹰的翅膀
飞翔，鸟瞰，放歌
假若我乘兴写一首诗歌
构思，跳跃，抒情
一定托举充血的山脉和河流
而燃烧的雪，呼啸的石头
和那站在田野抽烟的人
必定是我歌唱的虹

我是说啊
这个时代，我们该怎样书写
这个时代，我们该怎样担承
七月啊，为我们铺设了天高地厚
大手又握住了向上的云层
我们啊，都是她怀里的庄稼
仰视夜露，向阳而生
然而，我们都是自己的太阳
比太阳还生动

幸福的词语

有了它，所有的事物都在仰视
鸟儿向空飞翔，葵花朝东绽放
征路的跋涉，雪山的喋血
前行里我们抓住重要的一环
把铁擦拭得锃亮

一个词语，填充我们的心空
一个目标，占领思想的高地
"精准扶贫，决胜小康"
幸福的词语，力量的原动力
成了时空的一种光芒
我是说哟
城市不会停止向前的脚步
农村也要拔节向上
似乎每一寸土地，都注入新鲜的养分
每一条河流，都流淌着特色的诗意
我们栖息的古老的陈砖斑瓦
跳起来，涅槃一段美好的时光

沿着它
我走向村落走向人群
我低头问牧羊的老人

他伸出被握过的那双手

泪花接着昨天的泪滴

我问村头一群雀跃的孩子

笑声里有一声贴心的话语

我亲吻坡地上的庄稼

枝叶上升腾着一双大手的温度

我问一条露水打湿的小路

它仍翘首眺望一缕烟尘远去

山啊，还是那座山

可它在目光里一寸寸拔高

水啊，还是那条水

可它在一波波涂青泛绿

重新站队的旧屋老村向阳洒笑

划进新的版图而神气

进山进村的公路拉直了父辈的背影

乡愁不再纷扰幸福的甜蜜

而老树枯藤昏鸦的古道瘦马

也已是江南杏花春雨

是呵，有梦在远方

我们都是追梦人

荒漠、穷苦在手里变成坚毅与辽阔

只要我们脚下有根

没有阳光照不到的山脊

俯拾枝叶园的灵光（组诗五首）

枝叶园拾萃

脚步踩踏的一尘一埃
归属一个律动
沉下心海又跃升一朵朵心浪
交织着，敲击谁的胸口

这里所有的枝枝叶叶
都有嘴巴和耳朵
它们都在悄悄传递和倾听
雨打竹枝的古韵

有一缕光芒来自远方
聚焦人间烟火又收敛福祉的神灵
那些叶子上的露珠
映照身后的流水沉默的山峦

我接过竹叶上的一滴露水
滚动在掌心，圆润过所有的日子
我们走进又走出
不会走出它的边缘

这片土地笼罩着一片红

怎么也走不出这样的氛围
有马蹄，火光和呐喊的交响
那敲击和飞翔的进击
穿越和洞穿所有的铁
抵达鄱阳湖的伟岸
我愿意启封这里的历史
像父辈的、土地的履历一样
那些生活的苦难追逐无边的黑暗
终于被一缕光芒浸染
天亮时，赣水美了家园

这里最理解红色绽放的伤痛
我抚摸山石和流水
采集五月的花叶和青草
我沉浸在往事里，上升与下沉
被一缕红托举着
赣江红透了，红里透着轻轻的暖

乌泥镇古樟之思

两棵古树，有一个共同的名字
共有一个家，乌泥镇
时光在这里老旧了
可它却擎天而立
虬枝的手臂伸向我的苍老
走近时，依然听到它的呼吸

我知道，樟树的生命里有一个生命
一行黄昏斜雨的脚印踩疼了村庄的心
一个早晨，樟树下翻开一本书
汉字的光芒里生出鹰的翅膀

我站在巨大的茂密下
低头和仰望，都是一种心境
不惊艳绿叶任性地散开
不比量树干粗过五人的搂抱
我俯身皴裂的、劲爆的树根
思索生命的底蕴

有风声吹过耳畔
根的深度决定地上的高度
樟树的魂已远走他乡
留下历史站在乌泥镇
山路上走来一个翩翩少年
他的模样高过村后的山脊
站进一块石头里
我知道这些征过腐恶的石头
这些染过血，浴过火的石头
它们站在草丛里，散落如星辰
它们探头望着我
时光逼近心动

我是战争的迟到者
却分享了硝烟的滋味
这片响彻马蹄、枪炮、号角的土地
绿野之上飞翔着带血的魂魄

让山河充满无限的庄严
如果我能站进石头里
弥补我的缺席，找回那段历史
时间会原谅我
我不是窃取光荣的弱者
我会奋起，捍卫这一片土地

听那竹雨，听那风声

五月雨，落在竹林里
有风狂摇在竹梢上
是郑板桥笔下的那一声疾呼吗

从这里，从那里
雨伞撑住雨丝，脚上沾满泥巴
一行行写在心火上
木屋，田垅，路上，桥头
长满滴水的眼睛
那目光盖过疾驰的雨林

江河，山峦，树木
不动声色的安宁
听那竹雨，听那风声

收藏一支五月兰

传说，赣水那边红一角的时候
你便开了，五月兰
枝蔓上有狂飙扫过的雷电

根茎上有悲歌的火焰
花瓣上有红军的血迹

五月兰，开在崖壁上
是为迎接任何一个自由的脚步

我由爱着这片热土而爱你
又因你的花期而爱你
收藏你的惊艳和香魂
不为别的什么
是在今天的光荣之上安置一段历史

五月兰，开在崖壁上
你会说话，告诉我生与死的秘密

俯拾枝叶间的灵光（组诗五首）

遥寄"梅吻"之约

是怎样的美意流转，萦绕我的心头
又是怎样的期待，掀动我沉睡的河流

你是贺兰山下旋起的一股紫色的风吗
就这样，一次次拍打我子夜的梦魇
诚然，你的无形之手伸过了长天秋水
一个有"梅"的词占领了我晚秋的心空

你的传说在荒芜里涅槃
你的石头刻满了意志的爬行

如果说，你的绿弥漫着这里的沙滩野谷
倒不如说，是你的火点燃了这里的山山岭岭

佛说：心是一切所在，有诚则灵
那阳光下玫瑰色的葡萄就是你跃动的火种

时间的酿造洋溢着圆润的晶莹
这一杯醇香的佳酿呵，等待何人

我来了！我是一位身披风尘的士兵
红寺堡，你在哪里？请你接受我的致敬

请给我，给我早晨第一杯浸满星光月色的清露
我要饮下，饮下"贺兰山阙""壮怀激烈"

酒是可以醉人的，不！我在你的氛围里清醒
拥抱一个又一个玫瑰染红的早晨

兵之谣(组诗十五首)

大疫中的士兵

似乎,世界安静下来
大白们移动的白
两米黄线的黄
广而告之的惊恐文字
下沉的河水和安静的心
这些,都做了士兵的背景
衬托出一个伟大的庄严

在这里,一个神秘的信仰在拔高
一如既往的起床,枪炮醒来
冲上阵地,呼喊太阳
瞄准天外的乌云邪雨
火焰,去扑灭另一堆火焰
什么都没有发生
心里只装得下一声命令

似乎,这个时间段更凸出
凸出时间的边界
大疫和遥远的战火,遥相呼应

它有比一般哲学还要多的含义
士兵不会停止意志的步伐
依然枕戈待旦
汗水从不偏离流动的轨迹
枪械依然蓬勃而冷峻

这个春天，很静

一切都在下沉，河水，山谷
一切又都在上升，美的花朵，善的麦穗
都在悄无声息中进发
寻找自己

士兵站上一个位置
不择什么泥土，不选什么季节
在一声命令中卧倒
就是一块含火的石头
心里按着向上的力量

尤其这个春天，多彩，多梭，多愁的春天
该萌生的都发生了
站在钢枪守卫的田野，山岗
心里便有了另一番天地
此春最相宜

春天莅临军营的时候
正是我想家的时候
信息告诉我：岁月静好
有家的安宁就有枪的握力

我们一起送走春天的花枝艳朵
哨所前
我听到了划过天空的鸽鸣

一封信，落在枪刺上

妥妥的一个信鸽，落在枪刺上
等待的眼神站在哨所的白云上
许久了，水阻山隔
终于有了春天的消息

久违的手写体，飞翔着
无数小翅膀扇动一圈圈波纹
小爪抓住情感的泥土
啼鸣着，落下

哨所一下子静下来
围过很多枪的眼睛
信鸽从内地喘息的城市飞来
大山也有些动情

"家里一切都好
吃的，用的，啥都有"
翻遍里里外外，没有什么不同
祖国安在，风也淡，云也轻

位置

我把浮躁的尘埃按下来

当然是按住我的心

我是士兵，离不开阵地．

像语言离不开诗歌

我有我的位置，不可逾越

枪也不会移位，抓紧脚下的土地

你们忙吧，检测与安宁

我坚守，与时间站成英雄的雕像

走过六月的麦田

六月的汪洋，麦子做了田野的舞者

走近它，我有了别样的激情

我俯下身子，嗅一嗅麦芒

和枪一起醉倒了一地

于是，我听到了衔着六月的鸟鸣

风扯着麦浪奔跑

远处，站着手拿晾帽叉腰的人

正朝我微笑，那笑是一段历史

六月的麦田，一幅巨画

她很美，风吹来，燕飞去

一地黄金，国人的温饱

我把枪立在这里，它和谐而完美

我和军旅

也许，每天的脚步都很匆忙

飞越障碍，跨过堑壕
也许，更多的时间和枪说话
擦拭弹壳，校正准星
我很少静下心来，思想来路和自己

直到步枪之后站着火箭的阵容
一支手执铁矛的队伍长成一座长城
我也老了，站在它面前
我泪流满面
我是它的孩子啊，它拉扯着我
走向风雨夜，走向意志和阳光

假如我不入伍呢
我可能是一粒粗糙的石子
庆幸，我走进离战场最近的地方
离诗歌最近的心脏
我扛枪的第一天，诗歌
也揣进我的背包里
我奔突，我思想
血性做了语言的翅膀
我有了依附和飞翔

我认识和重申自己
我是军旅的一个音节
军旅是我的家，我是它的骨骼和细胞
我有一支歌也唱给军旅
我在这个集体里喊着，跑着
它给我输血、它给我灌浆
我就在这里，拔节

我就在这里，成长
度过铁马冰河的一生

想起，那两个鸡蛋

入伍时，一转身
离开又是加入
离开迎接我哭声的老屋
母亲沾染饭渍的袖口
加入一个铁与钢打铸的队伍
加入一个新的集体和陌生的弟兄

宿舍很大，四十颗心紧靠着
几十条胳膊、大腿支撑着黑暗
我打开背包，滚出两个鸡蛋
滚出两滴泪水和一串呼喊

我说什么呢，只有无言
这是妈妈不舍的爱心
是她焐热的星光和月亮
让我带到这里，守卫边关

两个鸡蛋，一首无言的诗
它总是站在高处召唤我
风里来，雨里去
总能看到它的爱和火焰

几十年了，这件事一直陪着我
擦拭我的泪水，驱散我的孤独

回望故乡的炊烟
唤我乳名的声音
它已成一个小小的历史
一个青春向上的力量源
在我的心里

离队前……

突然间，一切都陌生了
扛过的枪，上哨的路
都在躲着他

心被抽空了
又缺少了什么
时间很薄、很空，像书页
再一翻就不属于他了

眼睛也贪婪起来
数着光荣榜上的红花
一场比赛腾起两耳杀声
从墙上与战友的合影中走下来
再拥抱一下
把那份情偷偷装进口袋里
明天就要远行

他试着行最后一个军礼
手举到半截又放下了
他摘下领章，帽徽
颤抖着，那疼滴着一点点血红

憋不住了，就大声喊吧
"我是一个兵！"
"需要时，我会回来的！"
这喊声被风收走了
远方，一朵云，又一朵云

换哨

有时是白天，有时是黑夜
一杆枪下来，一杆枪上去
都在一个军礼中完成
白天是太阳，晚上是星星
都被上天记着

下雪了，一身白
风刮了，满身尘
准时报到，不差分钟
平常的小小的仪式，竟含着铁律
换来换去，营盘老了
一身绿依旧年轻

致孤岛夫妻哨所

我从大北方，一步迈到你面前
迈到海风吹裂的高尚面前
我和一双老茧的手交谈
和一条海腥味的红纱巾交谈
掏出所有的爱和敬仰

脚下，是一块大石头
叫无名岛
它的名字写在发黄的版图上
小岛，孤独地望着我
守望者，是夫妻
也笑着望着我
我一眼望穿二十年风雨
理解了一个神圣的命题

不用更多的话语
我便认识了这里海浪的含义
它是祖国抛出的一个星球
需要勇敢和付出
夫妻俩怀抱着它
像奶他们的孩子

我想留下来，丈量一下孤岛的梦
看一下星星坠海的样子
他们吃海蛎子的样子
他们舀海水、烧山柴做饭的样子
一支笔记录潮起潮落的样子

我会写下诗歌
献给这座小岛的心脏

军帽，我的一片枫叶

军帽，挂在墙上，我的本色在那里

还有骄傲和光荣

它陪伴我三千里云和月

几多春秋风霜，浸透了它的胴体

最初，它是一丛绿，有剑的光芒

经霜，经雪，一再地打磨

它变成一枚枫叶，有血性的枫叶

和历史一起挂在那里

和军帽一起的有一个手势

在它的右边，帽沿的下方

定格了，永恒的威仪

传递着爱和军人的尊严

我的青春从帽檐的阶梯上走下来

由青年到老年，由梦到岸

我的心脏依然欢跳，像枫叶

永远雕琢秋后的金色光芒

总觉得有一缕庄严投射给我

那是八一帽徽和我的一个盟誓

做一个忠诚的士兵

对土地，对祖国，对和平

一条堑壕，在时光之上

堑壕，蠕动着，弯曲着

躺在山坡上，沧桑着，转动着眼睛

吞吐着历史的血

从那里跃起的枪支和骨头
走向远方，行走的浪，飞翔的鹰
都有它的姿势

时代的大潮来了
高楼包围了它，铁路越过了它
它是一个抹不掉的伤口

我要告诉我的孩子们
生活是由无数个节组合的
堑壕是一个血与火的节
它承载过祖国的疼

它已悬在时光之上
望着我们修路架桥，缝制衣裳
又不时输送精神的光

我们从那里跃出，是雷，是火
一手修建家的房子
一手磨砺醒着的刀枪

一枚子弹壳，醒着

它不会死亡，一直醒着
在我的书案上，在时空的明媚里

子弹壳，一种信仰
战地的一声呐喊，永恒的铁

它来自哪里已不重要，它是兵书
它是人类改变世界的宣言

在它的前方，是狰狞的牙齿和魔爪
在它的后方，是一片宁静的田野和湖水

我愿意和它谈论过去，也交换思想
它告诉我：最高的是尊严，最阔的是自由

我打开诗页，放牧我的诗歌
去瞄准黑暗的靶子和狼的眼睛

旧军装，静静地述说

一团人形的绿，嵌进时光的刻板上
它是我的昨天，绿叶般的年轻
它已完成一段历史，被记忆收藏
它没有皮尔卡丹多变的色彩
也没有凡·高油画泼洒的弧线
由它会集的团队比钢铁坚硬

在它那里，没有谎言和懦弱
它包裹着向前冲刺的灵魂
一缺铮铮作响的铁
一股冲天的火焰
因此，我骄傲，它曾伴我走过青年、壮年

是的，它卸下我的躯体

已成一幅旧画，一首定性的诗
我会时时想起它，想起风雪漫漫
它离我的心脏最近，离血液最近
它常常回到我的现实
探访我意志的颜色，忠诚的颜色
是否还那么光艳

我思想，我和我的祖国

脚步没有停止，心肺、肝胆和大脑
它们依然在一个纬度上，跳动
不能割舍的，是一杆枪的威严
贴近心脏的，还是十月的欢声鼓声
靠得更近、梦绕情牵的还是祖国

祖国从陶罐走来，从甲骨文走来
五千年历史，一块耀世的丰碑
有辉煌，苦难，抗争和血与泪的过去
更有现代的新工业化的大交响曲
我在她的羽毛下成长，幸福和思索
我是祖国的一粒土，一个血性的细胞

我骄傲，我做了她的儿子和战士
她用哲学和宽容、大度拉扯着我
有了一个又一个饱满的白天和夜晚
我长大了，已有八十个锃亮的年轮
然而，我的爱更深刻，更刻骨，更入心
我时刻准备着，聆听她呼唤我的名字

我会重温冲锋的号角，擦拭枪支和子弹

绑腿没有打开，腰间的水壶和干粮依旧饱满

每晚，盯着来自荧屏上的新闻，数着版图的位置

清晨，我会第一个醒来，跑步、操练

完成祖国交给我的作业，净心，剔尘

追赶孩子们的笑声，加入浩荡的劳动大军

对遵义的深度探访（组诗七首）

遵义会议会址漫步

站在阁楼面前，就是打开一部兵书
围剿后，奔突后，绝路后的决断选择
开会，就是把思想的光芒集聚成
一把冲天剑，把天空撕开一道蓝
给生命寻找另一个生存的可能

这需要大勇气，更需要大谋略
把长途奔逃的马蹄、嘶哑的枪声找回来
把一双双紧锁的眉头找回来
把湘江的血、不周山下的骸骨找回来
重新审识，重新研判

终于，打破了海的沉默
雷与火的碰撞，语言与语言的交锋
烟草味里弥漫着真理的星火
水落了，石出了
一道彩虹悬挂在遵义的城头

乌云散去了，道路打开了

重生与转折，是历史的必然

伟人不是天生的，雪压松高耸

这些红星将士们重新上路的时候

正是遵义的早春

女红军街的早晨

因为这里，住过一枝枝玫瑰的女人

住过打着绑腿，掖着枪的女人

整整一条街，被彩色的浪花淹没

星星知道她们的名字，她们从瑞金来

她们从大柏地来，她们来自史书长征

其中，有茅屋里的，有种田的

有课堂的，有工厂的，更有领袖的夫人

她们来自自由与解放的浪潮

来自对光明的渴求与向往

装扮了一条街的幸福，一条街的光荣

站在女红军街，一切都明白了

一张张面孔告诉我，那是一首首奇绝的大诗

世上所有的苦难，她们都尝过了

世上最难走的路，她们都走过了

她们扛着长征蹚过冰河，翻过雪山

她们是战争涅槃的女人花

不要去惊动花的沉睡

就这么小心地靠近她们

趁公鸡还没有打鸣的时候

我伫立在梦的安详里
静观一段史书，一群母体
一群从战争走来的女神

烈士纪念碑前

你立在野草与荆条的密码里
你立在花开与鸟鸣的旋律里
"烈士纪念碑"五个字，飞溅着血与火
让我认识历史，认识独特的你

我知道你是在黎明前走的
在大战中最后撤离时走的
在我学路的摇晃中走的
我的所有疼痛和幸福中有你的影子

对于死，只有一种注释
但死法却有许多，在那个咬牙度日的年代
你选择了战火，为扑灭而牺牲
你把名字交给天空和土地

抚摸已不够，跪下也许不尽表达
我转身抖落风尘，把目光放得更远
叩问自己的灵魂，敲打自己的骨头
做回自己，带上你的誓言出征

娄山关的高度，只有鹰知道

战火之上的虹，飘逸，妖娆，飞翔

山再高也矮，云再阔也轻
完胜之后的欢歌，大醉之后的狂放
应该是这样的

转折之后的新途，真理之后的绽放
士气又一次高涨，道路再一次认定
舵手的运筹帷幄，大浪的勇往前行
应该是这样的

娄山关，是历史，是碑刻
是一段跋涉的完结，又是新征途的开始
它的高度，只有鹰知道
应该是这样的

赤水河的诘问

四次枪走枪回，四次战马腾越
把赤水拎起来，平展成一条长长的魔链
调遣敌人的脑袋，玩敌于掌心
赤水河神了

请问，站在赤水河岸上的那个身影
请问，专注打湿地图的那双眼睛
何来如神之笔，哪里来的灵感
我这么思忖

岳麓山的风涛告诉我
击水三千里的飞舟告诉我
秋天的飞镖火铳告诉我

黑手高悬霸主鞭的呐喊告诉我
黄洋界敌人消遁的炮声告诉我

告诉我啊
告诉我所有的秘密

红军书屋，装着一个海

店很小，书却很多，互相拥挤着
像当年红军露宿街头的样子
店主，一个走出大山的苗族姑娘
每天，她把藏着红色基因的书分发给游人
她是红军留在这里的一粒火种

十年前，我的心留在这里
在一本书的扉页上，长着我的诗行
我一直想，书店是一个知识的海
它不会消瘦，因为它的骨骼很硬
有一种独特的精神滋养它
它不会消亡

就这样，商潮里她划动翅膀
就这样，她有了女儿的笑影
就这样，书还是她的最爱
就这样，她依然站着，一棵树
站成长征的遗响，站成映山红的模样

谢嵘酒业一瞥

主人是从军营走回来的老兵

他朴实，是黔北的一块石头
酒业，是他又一个阵地
他是我走远的又近在咫尺的战友
喝了他的酒，我俩便成了彼此的手足

走进他的家，就走进了酒的王国
酒杯，酒瓶，酒缸，从战地演化而来
他神秘在酒里，赤水，茅台，他注进去
就像战地转移，他猛地喝了一口
脸就红了，红成长征胜利的样子

我从他的酒里品出时光的味道
他的话是酒的火焰，他用酒酿造自己的品质
他爱军营的心血融进一樽酒缸里
有花朵，有火焰，有星光的守望
我俩唱着酒，说长征的细节，说他创业的艰辛
都有一串马蹄踏月的豪情

兵之谣（五首）

关于士兵

假若我说，士兵
是雷与火的总和
是智与谋的集合体
子弹，是他忠诚的朋友
敌人，是他心里永远的痛
他在枪的准星上屹立
他在夜黑风高处睁着一双眼睛
他的名字叫：捍卫

假若我说，士兵
他在城市的梦里巡逻
他在农村的鸡鸣里操练
边塞耸起一杆杆不屈的枪刺
海防印下一双双汗水打湿的脚印
花开了，他与春天告别
稻熟了，他与田野一起欢腾
他另一个名字叫：和平

但是，我还要重申士兵

认识这个世界的反复和多变

这个世界永远存在着两极

比如战争与和平

它们就隔一条道路

一个转身，世界就会颠覆

大厦倒地，炮火熊熊

士兵，时刻有赴死的准备

有一百个敌人在枪林弹雨中牺牲

而士兵依然活着凯旋

就是牺牲，手里仍握着那块铁

不会倒地

我说的士兵，是新时代的

他们在沙盘上流汗

他们在网络上演兵

有回应千里之外的耳朵

有洞察风云突变的眼睛

把自己安放在弓弦之上

一声命令

就是一只冲天的山鹰

为什么演练

把你扑倒，站起来，再扑倒

摔进泥沼里，栽进土坑里

不给一点机会

把你压住，像猛虎，狠狠的

拧住胳膊，掐住脖子，死死的

不留一点余地

未来战争，需要多元和智慧
更需要英勇，需要铁拳铁脚
远程，有导弹火箭的射杀
近战，靠拳脚收拾那些残兵
一对一，勇者胜
站上至高点，才是不败的英雄
反复练，力量在堆加中生长
反复练，青春在烈火里淬红

练个日出，练个夜升
士兵在演练中成就一块青铜

一段红色历史的显现

士兵是历史的承载
他不是单一的，他是复合
昨天与今天，历史和现在
背后站着的雪山，血河
在演兵场上奔跑
有一段红色历史做了支撑

流过血的河流，咳过血的雪山
霜晨月的马蹄，映照星斗的篝火
都是一节骨骼和发光的金属
嵌进精神世界的大厦
我们征服拉练的艰苦，红色历史在那儿
我们举起了洪水中的孩子，红色历史在那儿
它看着我们，丈量我们的脚步

我们正青春

它比精致更精致
它比火红更火红
它陪着我们跋涉
它带领我们攀登
我们正青春

时代已交给我们一个圆圆的世界
歌声在生活的喉咙里唱着
鲜花在大地的骨节上开着
网络让武器插上飞翔的翅膀
近战在沙盘上调动千军万马
新型的战争在等
更高超的战术在等
我们正青春

把家乡的烟火捆牢
把祖国的山河捆牢
洞穿所有的疑云和阴雨
击碎那些狂人的奢望和梦语
把枪擦了又擦
把绑腿紧了紧
我们正青春

号角响了，在远方

号角响了，似乎它不是军营的那支
听惯了的那一声凌厉的青铜之声

是在远方，一个生命呼喊的地方
号角响了
首先震痛了士兵的耳朵

夜不再安宁，蟋蟀也不再入梦
盖地的硝烟，冲天的火光
惊醒了这个世界

我是战士，扛枪的人
我再一次站上出征的队伍
把枪擦亮，把子弹上膛
我对着面前的高山说
我对着家乡的河流说
我的责任在拔节
我的使命在喷涨
号角响了

第二辑

大
地
诗

马鞍山走笔（五首）

走进马鞍山

我这样走近你，马鞍山
把昨天的往事扔下，一如落叶
把所有的纷扰交给沉默的石头
只带擦拭过的眼睛和掏空的耳朵
我是一朵北方的云呵
在你的晚风中飘落

月光下，默念一个象形的名字
我不作声，不忍惊动一条大水
把你置放在心灵的版图
注册我的爱情
那一夜，我自己与自己长谈

注定是梦在敲门，春暖花开
我腾身坐上云端的一架马鞍
坐上项王胯下的那首壮烈长歌
鞍镫上有一片杀声回响
一滴不化的血
洇染了我所有的记忆和风尘

一个传说演绎一个神奇

一把长剑刺破一片青天

假如诗人笔下的诗行燃成火焰

我会做马下的那一声蹄响

荡平大野，飞越关山

马鞍山，年轻的城

今夜我与你作伴

你伸开手掌是一部创世史

六十四条掌纹纵横上下

牵动风月，描绘家园

我多想加入你的户籍

做一个马鞍下的士兵

为你值更守夜、把酒擎盏

我还为你写诗：

杏

花

春

雨

江

南

那战马，化山化水

行走在这山这水这丘陵的起伏里

耳畔总有一种声音跳出音域

它不是尘世的嘈杂，不是植物的呼吸和心跳

它来自时光的隧道，肉体与铁的撞击

远远的，又是近近的

亦如电流击打我的灵肉

我问天，我问地
马鞍还在，那匹战马呢
雨山湖静默不说
庄稼们低头无语
我相信，有些精神是不灭的
比如那匹弃鞍而奔的战马
那匹失主而悲怆、而激昂的马呀
徐悲鸿们是想象不出的
它没有寄画而留世
它也没有逐流水东去归大海
它把灵肉交给长江，交给土地
伴四季花开花落而超度

我伫立，我思想
浩荡东去的大江呵，凭什么不息
四季青青的庄稼呵，凭什么不萎
村庄的炊烟渔火呵，凭什么闪烁
拥抱江岸的楼厦呵，凭什么耸立

我转身，蹲下，再蹲下
用心贴近泥土
那声音从地脉"哒！哒！"地传来
马蹄溅血的声音
洞穿我的耳膜
摇撼阳光瀑布，楚汉风雨

薛家洼，一抹绿色

我来时，是站在绿洲上的
眼前，青山一黛，碧水长天
身后，果林挂盏，湿地鸥翔
风说，这是一夜间的事情
垃圾、废墟、破屋、船坞
几十年的积尘、霉气、灰土、脏乱
一夜之间飞走了
山水回归
渔民上岸
长江之水依序流转

我惊诧这双大手
何以改地换天
渔夫引我到堤岸上寻根
"驻足处"有一双脚印未干
渔夫说，他刚刚来过
山之上，水之上
是不是有一抹奇特的蓝？

是的，这个地方好像有一个光轮
那是他的身影他的气场
随手抓一把他的话语
还在发声，还在江面上打闪
"白菜心"的内涵
竟让这里的山山水水彻夜难眠

我也在"驻足处"站一会儿

分享一些胸怀

补给一些灵魂的养分

让我的诗歌从这里出发吧

追逐，滔滔绿水

追逐，巍巍青山

李白墓前，长跪不起

不要问我是谁

我跪下，三拜，九拜

长跪不起

我是举着"飞流直下三千尺"的瀑水

我是怀揣"云想衣裳花想容"的意态

我擎着诗骨和火焰

跋大青山之高

涉长江水之长

跪在你的骨肉棺椁面前

请允许我喊你一声：诗仙

这一声竟等了千年

我没有为你带来"杜康酒"

也没有带来"康乃馨"

只带一抔家乡的黄土

权作我对你的祭奠

其实，高飞的鸟儿认识我

荆门的楚水认识我

我在你"对酒当歌"的豪迈里生存

我在你"孤帆远影"的意境里藏身
你腰挂佩剑的锋刃上有我
我是你诗歌的子孙
月光下我曾磨砺一把青铜剑
它有一缕李性的火焰

我知道，一首诗长眠在这里
他没有死，一根诗歌的骨头不会腐朽
当我躬身站起，走向大野
我要以自己的魂和血
举起你的一角衣裳
在诗歌的森林里站立

大青山与我共祭

难得今晚好风月
拎一瓶口子窖酒，坐在长江畔
邀李白对饮，与诗歌缠绵
大青山和我请李白喝酒
不是对影成三人
是无限的多，多过我的心跳

大青山在后
我和李白对坐
一首古诗和一首新诗的对峙
光芒是古老的

你说："人生得意须尽欢
莫使金樽空对月"

酒是什么？

酒是火，酒是泪，酒是血

酒是滚滚的长江水

是白帝城的猿声莺啼

是黄鹤楼的孤帆远影

坐下来吧，我们对饮

我们都是好兄弟

我是说

我们都在浪漫里活命

我们都在诗意里呼吸

只是你走时，我还没有出生

翻读你的诗稿

偶然发现你留给我的一节骨头

那是我储备一生的财富呵

足以仗剑

足以问天

我滔滔不绝

李白默默无语

我说：让我敬你三杯酒吧

一杯敬给天山月

雪花飞白遮远山

二杯敬给故乡云

萧萧班马孤苦鸣

三杯敬给桃花水

深潭千尺送友情

其实，我知道李白不能复活

他也不会与我对酒当歌
就像杯里的酒不管谁喝
酒话只是一时的吐露
但它可以涅槃一个灵魂

又见彼岸花

你莞尔笑着，山坡上
一簇一簇，一蓬蓬
悄然站立成火焰
彼岸花，彼岸花
幺妹说
你有"花不见叶，叶不花"的怪异
叶展时，花还在子宫
花开时，叶已脱落归土
多像我们幼稚的爱情
彼岸花，彼岸花
云遮星月的时光
是谁走漏了消息
姐妹们为我呼唤而来
列队相迎

彼岸花，彼岸花

可我落伍了，陈腐老态
唯一的诗歌也嫌弃了我
我要过江，去更远的地方
你要渡我吗?

彼岸花，彼岸花

我想在子夜，神鬼不觉
脱掉袈裟，再换一根腿骨
追踪一粒星火上岸

彼岸花，彼岸花

芦苇江湾遐思

有人爱花，把花魂请进画布
有人爱木，把树雕在花瓶上
我独爱芦苇，把它栽进诗行里
与时光同醉

它站进泥淖抗击涝灾的姿势
多像我们的父亲
它挺身抵御寒风雪打的姿势
多像我们的父亲
它孤守贫瘠耐旱忍渴的姿势
多像我们的父亲
不说了
向芦苇致敬

我来了，探访芦苇江湾
一湾的芦苇都围过来
笑着说话，舞着手臂
干与干，叶与叶都跃动起来
和我招手，与我亲密
我们共话简约与圣洁
述说孤寂与繁华
这个湾，长江的一个身段

岂不是士兵扼守的一块阵地

俨然，江湾有一个涅槃的往事
是江岸人打造的一个警句
芦苇是这里的唯一主人
由芦苇升华的一片诗意栖身之地
它突兀而矜持
不与众景而特立

我是说
我就是芦苇的一员啊
我要站进芦苇做一回自己
迎时代浩浩长风
绘一湾，山青水绿
唱一湾，杜鹃鸟啼

写给采石矶

一块彩色的神石
诞生于春秋争霸的烟雨
一口井，成全了一方水土
一块石头，镇守八方安宁
"彩"字去掉三撇成"采"
山山水水都动起来了
托举着一个神奇的飞翔

沿着李白、白居易、苏东坡、陆游的足迹
走向赤乌井，在远古目光的末端
接上我的眼睛
看穿井底的深度
一块彩色的石头做了寺庙的香炉
它的魂还在井里游弋
我暗暗思想那块神性的五彩石
它是何等的模样，又是何等的神奇
威震妖孽，驱赶鬼怪
方取天下安康

宝贝都是聚日月精华、大地沉浸而得
埋的越深造化越大
要修身，要得道吗？

我们不是都要跳进井里掩埋

埋进时光里

沉入寂寞里

千淘万漉

诗歌也会开口说话

绵阳，另一个名字叫漂亮

　　报载：2007年5月30日"中俄友谊之旅·中国行"大型采访团抵达绵阳，来自俄罗斯12家媒体的记者与我国中央媒体记者一起，对绵阳进行全方位采访，绵阳的发展现状，吸引了中外记者的眼球。

无数架照相机对准绵阳
无数双眼睛聚焦绵阳
一声声惊叹送给绵阳
一颗颗热心拥抱绵阳
绵阳啊，你这蜀地名城
真有天仙般的清纯美丽
真有惊世骇俗的漂亮

那天我走进你的怀抱
你的温文尔雅令我陶醉
那天我走进你的内心
你的古老的现代的质地
缭绕我的心房
我的漂亮绵阳
我的魅力绵阳

不要说你织锦挂秀的开花土地
不要说你山峦古森的沉雄苍茫

不要说你有着黄帝元妃嫘祖、诗仙李白的骄傲

不要说你有两千多年的岁月沧桑

不要说你的大禹传说、刘备、诸葛亮的足迹

不要说你独有的羌族文化、白马人的历史悠长

不要说哟，你的王朗、千佛山自然保护区的壮美

不要说哟，你的猿王洞钟乳石风情万种四海名扬

你的中国唯一科技城的宏大气势

让中外看惯奇迹的记者们眼前一亮

长虹空调、彩电的现代化车间里

正上演着科幻般的异彩华章

零部件从机床的一端源源输进

崭新的整机从另一端依序流淌

你不愧为川西北的璀璨明珠

你不愧为民族工业的坚强脊梁

你的"两弹"核能科技展览

展示出中国人征服宇宙的力量

你的娱乐风洞的神奇魔幻

让人们离开地球到太空中徜徉

你的计算机神秘的大脑

洞开人们的想象无际无疆

你的数字球幕剧场给人以超感觉的刺激

犹如身临其境，心旷神荡

在这里，拾到的是中国人超越世界的自豪

在这里，饱福的是科技强国的精神食粮

说不尽的是奇迹的腾飞智慧的闪光

爱不够的是谦和的笑脸海一样的胸膛

紧紧拥抱你哟，绵阳

拥抱你的今天，是超凡精神上的享受
拥抱你的明天，是预支你的美丽漂亮

　　注：四川绵阳，是具有 2200 年历史的古城，它将丰富的自然生态、厚重的人文历史、独特的羌族风情、前沿工业科技汇于一体，成为全国著名的旅游文化名城。

江油，李白故里行吟

该怎么感谢你，江油，是你的乳汁哺育了一代诗圣
该怎么感谢你，大唐，是你的繁荣缔造了诗的辉煌

在江油，到处都长满了诗的花草树木
在江油，连风里都飘浮着诗的芳香

寻觅他的脚印，沿着历史漫漫的长廊
探究他的诗韵，追逐岁月风雨的沧桑

抓一把泥土，能嗅到诗的味道
采一枝树叶，能听见诗的跳荡

推开千年木门，感到遥远年代的沉重
抚摸蒙尘的桌案，能触动安史之乱的风浪

蘸一下墨池水 [1]，滴着血色的汗味的艰辛
摸一下磨针石 [2]，感触到心血的汩汩流淌

攀上大匡山的木屋 [3]，犹见他潜心苦读的背影

---

[1] 李白当年留下的洗墨池、磨针溪。
[2] 同上。
[3] 李白登过的蜀中奇山——窦团山，在此留下了"樵夫与耕者，出入画屏中"的诗句。

登览窦团山 [1] 的奇峰，撞击到他浪漫豁达的豪爽

那条长满野草野花的小路，他曾转身仗剑而去
蜀道难、黄河水、故乡月，是他留下的千古绝唱

无数山峦翠岭，高举着他不朽的诗的旗帜
无垠锦田秀水，张扬着他忧国忧民的思想

他乘江油的木船出发，足迹踏遍蜀地中原
他乘黄河万里风涛返回，带回了半个诗的盛唐 [2]
江油的水美，美不过他诗的意境
江油的山高，高不过他诗的翅膀

这里的泥土告诉我，什么是中国诗的质地
这里的清风告诉我，诗人该有怎样的胸膛

这里的石头告诉我，诗人笔管里注入的是雷是火
这里的树根告诉我，生活沃土才是诗的产床

再一次感谢你啊，江油，是你的乳汁哺育了一代诗圣
再一次感谢你啊，大唐，是你的繁荣缔造了诗的辉煌

江油，李白故里行吟

---

[1] 李白在大匡山隐居读书数载，留下"莫怪无心恋清境，已将书剑许明时"的诗句。
[2] 诗人余光中有"绣口一吐便是半个盛唐"的诗句。

山中，太白碑林 [1]

你见过展翅飞翔的诗歌吗
你见过仰天长啸的诗歌吗
你见过电闪雷鸣的诗歌吗
不妨你到江油来
天宝山中，有片铁质诗的海洋
她们都在石头上站立

当你登上一级级台阶
也就走过千年的距离
一堵堵诗墙向你拥来
奔腾、热烈、呼啸、放荡
诗，在这里极尽张扬
浪漫的诗意融进翰墨的浓烈
石体里扎根
纹理中歌唱
我不知道先感谢李白的手笔
还是先感谢书法家的才艺
原本大气，豪放的诗已无可挑剔
落进墨汁里就更加狂放和恣意
用韵律组织的七律五绝

---

[1] 江油李白故居园区里有一片太白碑林，皆为李白诗歌，由当代著名书法家书写，刻在碑石上，蔚为壮观。

架上彩墨腾飞

无羁无绊

云游八极

石匠把苍劲与豪情凿进石头里

横、竖、撇、捺就有了生命的骨气

再把诗情画意刻进石纹里

那诗的灵魂就有了飞翔的动力

两种艺术的完美结合就是美的再生

就会产生意想不到的神韵和美丽

半壁山似的诗墙之首

我目睹了太白的沧桑面容

他依石而坐，手举酒杯

浪打前胸，风绕背影

是他冥冥中举杯遥望明月吗

还是他宫廷拔剑愤世不平

总之，他在酒的刚烈中仰天嘶声

假若他今日驾鹤归来，江油

会以她仙女般的柔美，米酒的纯正

拂去他蜀道的风尘，中原的寒冷

更有现代化的楼厦供他小憩

更有湖畔水榭山中凉亭

他会在江油的情里梦里喝醉

再唱一曲"按剑清八极，归酣歌大风"[1]

---

[1] "按剑清八极，归酣歌大风"，为李白《登广武古战场怀古》一诗中的句子。

窦团山^[1]，奇峰依天

哎呀，窦团山，你刀削斧砍的山脊
直上直下，亭亭玉立，上接云天
下扎大地，好一座奇峰峭壁

本已很高的山梁上，突兀冒出了三座孤峰
孤峰挺拔，如三根竹笋插地
被誉为"世上无双景，此峰天下奇"

我见了，我服了，我惊叹不已
就是现代工匠也会束手无策
天工造化，是哪位大师的不凡神笔

山鹰筑巢的云端建造了房舍
那砖石木料该怎么运抵
暖风中白云下竟飘出炊烟一缕

今人更有奇志，两峰之间拉一条铁索
执杆走在上面，轻如燕雀，脚履平地
鸟儿不敢落脚的地方，人心敢比

难怪当年李白几番造访，几番寻觅

---

[1] 窦团山，在江油市东北处，为蜀中奇山，李白早年到此游历，对他豪壮之气颇有影响。

他把奇峰装进麻布的口袋里
又把险峻的节拍揉进诗的旋律

八方游人都来了，冒着暑天的炎热
一颗颗诗心都来了，张开大口吸佛风仙气
是想当一个诗仙吗？还是完成人生未果的命题

窦团山，奇峰依天

献给洛阳（组诗七首）

叩首龙门石窟

当历史的脚步停在伊河之岸
便有了石头的春秋
是谁，挥舞天锤
凿造了佛的图腾
有一条巨龙乘伊水之波
驾长风之翼扶摇万仞
横卧中原圣境

又是谁，趁暗夜偷渡
敲门撬锁毁我华夏尊容
一锤敲掉了我的耳朵
一锤敲瞎了我的眼睛
卢舍那——光明与福音的象征 [1]
竟然半山坍塌
碎成一地惋惜，一河惊梦
我的脚步从来没有今天沉重
我的歌喉从来没有今天噎声

---

[1] 卢舍那大佛，是按照武则天的形象塑造的，建于唐高宗咸亨四年，即公元 672 年。位于洛阳龙门西山南部山腰奉先寺内，意为光明普照。

诗人啊，在这里失语了
我还怎么昂然行走
我还怎么朝拜诗魔的大梦
这难道不是我辈的不敬

石佛，一向是神灵的化身
它由心灵雕琢
寄托人们的今世来生
手没了，心还在
形没了，灵还在
我抚摸斑驳残缺的历史
低首眼前潺潺的河水
远方，依然有神灵的闪动

白居易墓前

一首诗睡在这里
厚土埋不住它的火焰
一声是长恨歌的三千爱恨
一缕是卖炭翁的寒天长叹
一支是琵琶女的凄泣婉转
我的脚步有些迟疑
向前一步
就会踩踏大唐的长衫

你的梦是该在这里安息
高山拱卫，河水奏乐
背对蓝天，脚抵龙门
不是你选择了青山碧水

是青山碧水选择了诗人

天下诗人都应来过
让汗颜滴落土地根除荒芜
让发霉的诗页重显光明
向你致敬之后
把伪善的帽子抛向伊河
带回诗歌的骨头

牡丹辞

不能再华贵了
在牡丹面前
所有的花
无语

脚步走向红
脚步走向白
脚步走向紫
脚步走向黑
没人走出颜色的绝地

在你面前
驻足，感动，流泪
缩回贪婪的手
倾倒爱情的心
男人规矩地站立
女人做回了自己

花有花的美艳

人有人的品性

每个人都可以绽放

我以诗的名义

放飞夜的星空

题牡丹石

肯定，先有石头

牡丹显灵了

飞进了石头

便有了活化石

一朵一朵芬芳在石质里

香液浸染着生命

它很美

青色的底衬

白色的花瓣

依次布陈

像姐妹拉手欢颜

说着史前的神话

绿岛请了两块牡丹石

他是以诗的名义请的

一块赠给了我

我从历史的一端接过来

置放在今天的额头上

那花竟然开了

在我沉寂的子夜

晨喝南关牛肉汤

汤，来自唐朝的熬煮
到我碗里时
依然喷香腻人
香的分子里有一种佐料
——友情
越喝越感到热烈
这是当下少有的韵味

碗，满满的溢出
滚动着一颗心
它端在诗歌的手上
我，虔诚的接过
稳稳地端在诗歌的掌心
无序的句子蹦跳在汤汁里
一碗熟透的诗句

站进魏家坡的炊烟

我站进祖先的村落时
先人都走了
车辆，马匹，鸡叫，狗吠
街巷空空
只一群新人影影绰绰
追逐历史的昨夜星辰

我不去推开千户家门
我只站进魏家坡的炊烟

品一口乡野的滋味
从肠胃里品尝久远的背影
——勤劳的光荣

先人留下的何止房屋地产
我逗留在道里道外，堂前屋后
捡起一粒汗水
它晶莹剔透，无一杂质
滚落成一粒大大的太阳

诗的狂欢夜

今夜，花朵不再沉默
纵然在星空夜阑里开放
……
把华贵与尊严交给诗歌
把场地与时间交给诗歌
在这样的夜晚
骚动归于安详
在"红"的大度宏阔里
诗的火炬
由几个青春男女高举
照亮洛川

有一首诗来自绿岛的原野
有一首唱自峭岩的崖畔
这些没被霉菌侵扰的汉字
这些没被遗弃的诗行
被一位铁血文人发现

他认定诗的铁质因子
可以催生牡丹花艳
我们无须喝酒吟诵
更无半点虚假奉上
我们只有诗的良心
交付今天的夜晚

此时此刻
我落泪了
我低首叩问自己
我的诗健硕吗
我的诗有铁吗
诗的铁只有刀刃知道
我当何能之有
在声音的尾部我出发了
我跨上诗的鞍蹬
打马走过诗的草原

东莞之恋（组诗七首）

我要从植物和泥土开始

翻动这座城市

让它给我历史与大地的光泽

——题记

莞草

在植物的家族中寻找

竟寻觅了一掬怜惜和心跳

那么多脚步和大脑挤进这座城市

沿着你的茎脉寻找乳汁

却很少知道你的存在

我从厚重的北方来

蹲在坡地上和你对话

你绿绿的一丛在灌木群里站立

和我亲近，与我妩媚

说你风雨千年衰落的故事

我的心在发颤

以你命名的荒野小村

以你当衣当屋的生命河流
最初你是大地的繁盛风景
时间把你挤的少之又少
只在这被遗忘的角落
只在植物的教科书里

握一把绿色
刻一抹记忆

我转身不忍离开
留一缕怜爱
洒一缕依依
我不知给什么才能让你快活
这首小诗不会让你感动
可我心中的爱呢

春天又来了
那根那茎，那如线的叶子
该孽根发芽了吧
我遥远的定格的纤纤弱女子哟
何时绿满我的眼睛

莞树

不知怎么称呼
才能让你出类超群
奇缺的树种
像恐龙，多角兽，人面鱼
仍站在时空的记忆走廊

青春般的妖娆
青铜般的威仪

带着惊喜而来
看它一个"伤疤"
善意的一刀种下星光月辉
于是，眼泪淌下一个香包
上苍赐给的香气
飘进楼馆庭舍
擦亮日子的眼神

莞香，莞树的"孽子"
引燃多少香客的欣喜

走近时，平心静气
生怕惊动那缕细微的存在
它袅袅娜娜
它飘飘绕绕
在光阴的背上攀升
在时针的罗盘上跃动
柔弱的身段
沁心的香气
竟有了佛心仙境的拂动

莞城人，有福了
生活中多了一份超级惬意
应该感恩这棵树
是它穿越风雨的沧桑
把莞香传递给创世的儿女

莞花

那么多竞放的花朵
妖艳了这座城市
菊花
紫荆
茉莉
百合……
名字起自故土的风雅
花香聚自远方
各有各的多姿婀娜
一个梦比一个梦惊奇

有谁能走进她们的内心
体恤芳菲的喘息

她们从哪里来已不重要
风雪路已成过去
今天的脚下都有肥沃
身后有强悍的支撑
光鲜的背后书页
字间有咸涩的泪滴

一日，我奔上山坡
走近一个叫菊的女子
听她已有的浪漫
追寻漂泊的浪迹
一个惊人的细节浮出水面
夜里，她把自己悄悄掩埋

日出，她给早晨一个美丽

惊诧归于平静

心儿握别酸楚的偶遇

我对风说

美丽都包藏在火里

点燃它需要惊天的勇气

不同的花朵不同的绽放

彩虹总眷顾不眠的风雨

菊，听到了吗

这是邂逅送你的诗句

莞山

山有很多手臂

围过来

挽着一湾清澈

挽着一排楼脊

挽着一群花朵翔飞

挽着一座厂房腾翼

山，看着怀里的春天婀娜

山，看着怀里的夏天浪起

山，看着怀里的秋天醉红

山，看着怀里的冬天喊绿

它会说话，赤脚与海浪倾谈

它会亮嗓，胸前飞过刀郎的歌曲

它善于浪漫飞架彩虹
它温婉多情像江南少女

山，在一部改革的词典里活了
山，在一部春天的故事里站立

山随心转
一声船江号子
把个莽莽莞山换心换面
腾腾朝气冲天
勃勃青春万里

我拾回一块莞山石
不做把玩
不做章刻
置放在桌案当铭
让莞山石的火照亮心空
不再有怯懦的朝夕

莞水

这带状的水系
一条条飘来
飘向莞城
是献给名城的哈达吗

万江，汇万水之流
承载古老的恩泽
为莞城输血送电

东江，民族的铁血之水
为莞城镀亮历史的光辉
东莞水道，漫空卷来
是莞城璀璨的银河
大大小小的河流穿越
串起现代的雄伟奇观
啊，莞水
就这么滋养着一方大地

我不是智者但也乐水
莞水独具天下
滋养了这么多智慧儿女
我真想跳进万江浪里
壮我一身肝胆
浸我一身豪气
然后加入现代的行列
推动车轮碾过风雨

我以过客的身份
灌一瓶莞水返乡
润我一朝心田
待我一朝花期

莞田

铁犁下的荒芜已成灰烬
眼前是达·芬奇的意境
绿的浪
黄的峰

181

红的长廊
橙的魔方
演绎着土地的神话

这里的农民格外艺术
把田种出画来
种出诗来
种出种子的畅想来
这里留住所有人的梦
每一滴汗水都有回声
旧农耕时代在这里止步
现代化农业在这里注册
站在田里的是硕士博士
指挥犁铧的是鼠标电脑

我思忖
这里的农民准是这个模样
诗人的头颅
作家的胸膛
画家的手臂
音乐家的翅膀
土地在他们的手里
变幻着四季花衣
播种着新基因的种子
栽种着大农业的思想

这回我不再带泥土回家
我把我栽种在这里
我把我深埋在这里

扎根，吐茎

绽叶，开花

做一株陌上花朵

用现代的泥土颜色

写作春天的诗行

莞人

站在这里的一个个思想

纷呈着黄土与黑土的颜色

川味与鲁味

湘水与赣水

从四面八方汇来

甚至多脑河的花朵

白头山的小白杨

都抢着扎根

做这里的呼吸

从上身看到脚下

写满地域的不同笑脸

原来的树种根深

后来的游树也固

脚下都有漂泊的浪迹

头上都有寻梦的旗帜

把心交给这座城市

让它淬炼，鞭打

他们从多皱的生活书页起飞

作莞山的脉搏

作莞水的心跳
男人在这里绽放了爱情
女人在这里找到了肩膀
他们支灶于古诗词的篝火
升起了新梦的炊烟

一个"中国制造"的标签
书写到最高最远的英文山峰
喷火，放电
扬名，纳誉
恰恰制造了一个中国
背后又有一个汉字的诠释
东——莞——人

拥抱大栅栏

不见木板、砖石、铁柱的栅栏
倒见店面、牌匾、商品的矗立
老北京在这里活着
古老与现代交织着神奇

这是你吗？大栅栏
风雨洗面、雷电穿身的大栅栏
土色垫底、红色披肩的大栅栏
大栅栏，京城的围栏
大栅栏，生命的围栏
拥抱你呀
就是拥抱沧桑与明媚
拥抱昨天与今天

我蹲下抚摸脚下的砖块
它就是历史行走的坐标
一双足迹从这里走向曙光
一双足迹从这里走向大潮
一双足迹从这里走向正义
一双足迹从这里走向风暴
俯身听路
身影绰绰

风雨飘摇

还用看眼前的繁华吗
那光怪陆离的色彩太娇娆
只管亲吻脚下的这块砖头
就会摸到大栅栏的心跳

敬礼，第一面新中国国旗

那么多国旗，如海
那么多红色，如荼
哪个是她的真身
哪里还保留着她的胎体
我找到了
我看到了
她飘展在玻璃罩的框子里
静似光芒的凝固
美如霞光的艳丽

大娘的剪刀剪出的山河
大娘的心血缝制的天地
星星在大地上镶嵌
太阳在心空上升起
那一夜
所有的神经都贲张了
瞩目着神圣与庄严的凝聚
瑞蚨祥，布料的专卖店
竟完成了一个伟大的命题
第一面国旗在这里呱呱落地时
喜泪擦亮了东方第一缕晨曦

好好地看她一眼吧
这是新中国举起的崭新面孔
五星灿烂，红映环宇
那上面，有一个时代的结束
那上面，有一个时代的崛起
有昨天的悲壮与抗争
更有我的咸味的泪滴

我要穿布鞋

穿布鞋的年代走远了
跟随驼背的爷爷走远了
它藏在皮革的背后，时尚的背后
少有人想到它

今天，我走进内联升鞋店
有了亲情的童年记忆
早年，是布鞋伴随母亲的体温
搀扶我迈开歪斜的步履
踩过杂土、泥淖的小路
踩过尖状的石子，多刺的蒺藜
一步步丈量路上的风雨

内联升，挥舞针线
为小脚女人做金莲
为朝臣、文武做统靴
也为百姓庶人做舒适
它也走进中南海
成了领袖、将帅的体己

千层底，底千层
棉花的筋骨做底

大自然的精华做底
制鞋人的寄托做底
只有这时才明白
伟人穿布鞋的秘密
九百九十九层
属于质朴
属于回忆
只有一层，舒适
属于我们自己

揣着味道回家

我说的味道
不是驴打滚、艾窝窝的味道
不是爆肚冯、全聚德烤鸭的味道
是走近孤寡老人的味道
是街道女子自发组成消防队
扑灭大火的味道
是老党员撑伞遮阳
风雨中站岗指路的味道
是向善、良心的味道

百年老字号，如林立
排成大栅栏的风景
数过来，数过去
没离开肠胃和口味
当然还有烟火的传承
还有生命血脉的传承
在老字号的队尾
又增加了一个老字号
它的名字叫"志愿者"
由心萌发的长青藤
它从中华的精魂里腾越
它从善的长河里诞生

191

支撑倾斜的大厦
擦亮迷失的夜空
它占领了道德的制高点
把手伸给无助
让温暖穿越寒冷
孤寂吗？她是一缕亲情
寒冷吗？她是一缕春风
她们做了不是父母的女儿
她们圆了不是父母的美梦

我把她们别样的味道带回家
加进我的精神之壤
濡染我的贫瘠与苍白
亮丽我的家园风景

杨梅竹斜街听风

有风从远方来
无色
无味
无声

没有杨叶婆娑的秋韵
没有梅花傲雪的清香
没有竹枝摇月的倩影
没有斜街的"斜"样
只有一缕夏风
撩拨我的陌生

街并不长
瘦成一条路
两边，有新屋挤过来
有的挤过炊烟
有的挤过老墙
肥的是幸福
瘦的是时光

夏风陪伴我
把我吹向街西

把我吹向街东
把我吹向街道办
把我吹向小凉亭
栀子花开了
饭菜香了
街面净了
人们笑了
总觉得还有另一种风
从高处吹来
在心头轻轻拂动……

仁怀，酒香弥漫

所有的房舍，场院，山道
都写满一个"醉"字
所有的竹林，花草，树木
都写满一个"香"字
所有的男人，女人，老人，孩子
都写满一个"福"字
舍，树，人
天然合一
都归于一坛老酒

仁怀，从远古走来
从仁的大义中走来
手举一坛佳酿
献给历史，献给胸膛
献给纯朴，献给豪爽
一代代，一年年
喝酒的人载醉而去
酿酒的人依守作坊
有"仁"做底
"茅台"才源远流长

大峪悲歌（组诗五首）

1941 年 1 月 25 日（农历腊月二十八），日本侵略者血洗冀东潘家峪，全村 1230 人、1300 间房屋毁于枪弹火烧。那天尸横庭院，火烧骸骨，惨不忍睹。至今残墙破壁，焦土碎瓦，惨象依存。参观者无一不怒火中烧，义愤填膺。我等祭拜，声泪俱下，谁不愤之？慨之？

潘家大院上空，有一朵云

踏进的第一眼就看到
山峰上那片云，不散的云
仇与恨凝聚的云，站立的云
它笼罩我的村庄，俯视山峦河水
云根扎在我的心里
云脉贯穿田野与家园的心脏
美轮美奂已不是它的外衣
铭记倒是它存在的初衷

云里缭绕着刀枪喷溅的火烟
缥渺里有孩子老人孕妇少女
一岁至八十岁生命惨烈的叫声
流动的血还在倔强的燃烧
豺狼的面孔还在狰狞
豺与狼刀与火同谋的话剧

奸杀着古国山村的文明

这是在哪里哟?
豺狼来自何地?
热闹的春节变成一片哀嚎
喜气的腊八迎来一片凄冷
太阳旗遮住冬日的阳光
洋枪大刀挥舞着野性
山村集结着恐怖,恫吓,死亡
心与心等待着一场噩梦

屠杀开始于一声口令
屠杀结束于一个笑声
笑声,带着狰狞,带着快意
看婴儿怎么从孕妇的腹腔滑出
看老人怎么把断腿抽回裤筒
把一个男孩从高墙狠狠摔下
把少女一个个奸污成玫瑰花的凋零
还有一把火,在冷风里狂作
洒了煤油的柴草,毒蛇的心肠
噼啪地烧着,尸体卷成焦状肉球
生命在生命的悬崖滚动

大院,堆粮纳凉的地方
大院,爷爷奶奶修犁纺线的地方
大院,牵牛花绽放的地方
瞬间变成屠宰场
罪恶,野蛮,兽性,大行其道
弹穿活体,血溅残阳

野兽荷枪，得意扬扬地走了
丢给村庄一笔深仇大恨
冤魂化云升上天空
坚守着仇恨，凝聚着人心
七十年，斗转星移
山风吹来又吹去
山庄上空那片云不化不散
瞩望着历史的回答

朝四座墓丘致哀

我走近大悲的时候
正是深冬，松柏灰暗成铅块
凋零的狗尾草蒺藜藤覆盖着墓丘
远山从东方围过来
示意这里有个泪点
四座墓丘屹立在时空里
在时间之外，大悲之上
静默

这时，心会立刻下沉下沉
浮躁与虚荣化为乌有
只有脱帽，低头，敬礼
才是最完美恰当的表达

朋友
你见过几百人合葬的吗
你见过有头无身不分男女合葬的吗

你见过首身分离手脚分离合葬的吗

你见过按年龄大小分类合葬的吗

这里，潘家峪

四堆黄土，1230人，碑上无名

敌人夺去的鲜活活的生命

在四座墓丘里安魂

我已无泪

再多的泪也洗不清亲人的疼痛

泪水化作火种吧

在心里生根

幸存者

胡子蔓延老脸，今天的沟壑

是当年父亲的青春

是当年母亲的花季

是当年哥哥的

是当年弟弟的

是当年姐妹的

他（她）们——

惨烈在日寇的凶狠里

偷活在死者的尸体下

至今，没忘母亲护孩的姿势

侥幸中活了，死里逃生

是战争牙齿掉下的米粒

抑或大水冲上岸的鱼

死亡夹缝里的芽苞

长成山里的脊梁

他想种好户册上的土地
为父母，为兄弟
把日子擦净，把生活敲响
给世界看，给时间看
每天，他拎着大山的耳朵
把田野村庄点亮

对峙的目光

一个是逃命的
一个是追杀的

他逃窜着，跨过死尸
他端着枪，瞄准目标

两个生命突然相遇
生死就在手指之间

突然，他站定了，选择了勇敢
突然，他放下枪，神情有些茫然
一个徒手赤足，硬在那里
一个依墙而立，软在那里

目光对着目光，对峙着
仇恨对着仇恨，对峙着

时间凝固了，村庄死静
心率停止了，没有声音

就这么对峙着，火与火
就这么对峙着，恨与恨

陡然发现了对方，小小少年
陡然发现了对方，小小鬼子

都这么年轻，青枝绿叶
都这么俊美，绿柳白杨

视线外，有死者的尸体
视线内，有伤者的呻吟

少年疑惑了，为什么不杀我？
小鬼子迟疑了，我为什么杀你？

枪之外，他看到了兄弟伙伴
死之上，他想到了生命的可贵

小鬼子首先撤回了目光，转身
少年依然等待，等待死亡

小鬼子倖倖地走了，有泪光的味道
少年转身逃跑了，死亡没有死亡

走亲者归来

走时，天刚亮
留下的吻在妻子的脸庞

回来时，没找到家门口
一片狼籍，村庄死了

村庄死了，豺狼走了
走亲者幸存了，不是唯一
他来不及高兴，也没有眼泪
砍刀磨了又磨，磨出了火

淮安，我来啦！（组诗四首）

淮安，我来啦

屏住湿润的呼吸

屏住绿色的心跳

整一整军装的折皱

正一正军帽的方向

放慢脚步，把声音压低

再压低

对着开花的山峦悄悄说

对着荡漾的水浪悄悄说

对着漕运的古船悄悄说

对着车桥战役的墙垣悄悄说

"淮安，我来啦！"

是游子还乡的模样

把问候擦拭得闪亮

藏好精心备好的礼物

弹去昨夜奔波的梦屑

慢慢走近他们——

老伯就伫立在村口

娘亲就守候在灶前

同伴就在码头上装卸

小妹就在盐场里值班

对着思念悄悄说

对着企盼悄悄说

对着崭新悄悄说

对着巨变悄悄说

"淮安，我来啦！"

风儿啊，请你慢慢吹

夕阳啊，请你慢慢落

推开赶路的肩膀

越过摩天的杉树头

我要去花木簇拥的驸马巷

探寻一双惊世的足迹

看那只叫"鸾"的神鸟

是怎样搅动雷电的翅膀

让乾坤变色

对着青砖铺垫的小路悄悄说

对着涂抹院墙的青苔悄悄说

对着吐芳溢香的蜡梅悄悄说

对着伟人汲水的水井悄悄说

"淮安，我来啦！"

漕运遗韵

站在模拟实景的大厅

听一位船工的诉说

他沧桑粗壮的大手

引来大运河涛飞浪遏

桅樯林立的壮观

运河，中华民族的血脉

生命在水上行走

两岸有村庄的袅袅炊烟

夜晚市井的笙歌管弦

也许，我的魂魄在水上

桨橹击浪

高扬着生命的风帆

那不是弓背的铁匠吗？

炉火熊熊锻锤声声

铁链、铁钉、铁板、铁门

锤下，一个个梦想走来

又一日，大船布满码头江岸

百姓的衣食安康

装在船上

汽笛一声，告别晨星晓月

驶出漕运

叩响南方的晨钟暮鼓

叩响北方的鸡鸣马欢

我拾起一本书

古老的、泛黄的、线装的

然而是活着的，辉煌的

历史

楚汉征战的战将韩信

西汉辞赋大家牧乘

西游神笔吴承恩

水师提督关天培

依次亮相
他们联手书写着淮安
赤子的精魂也照亮了淮安
我向史书深深致敬
又在纸页间跃动

我真想跳下眼前的河水
做一朵漕运的浪花
无日无夜地徜徉
汲淮安大地之精华
续大河之豪勇

蜡梅吟

驸马巷的蜡梅
周公院的蜡梅
盛开了
在时间之外，在视线之外
盛开了
是默默地
悄无声息地开着
馨香弥漫着，淡淡
蜡梅啊，你不知道谁来
谁去
你准时开
你不取悦春天
也不惧怕严寒
你甘愿做独立的花枝
装饰冷寂的冬天

你多么像已逝的主人
开也肝胆
落也肝胆

鸟瞰周恩来纪念馆

它的宏伟在于它的朴素
近看，它的空间不大
远看，它像一艘巨船
泊在碧水蓝天下
依然在行进
水天一色，浩气长天

他在时，来不及比拟
是山，山不足于他
是水，水也损于他的净
他和共和国一起迈着步履
望着红旗冉冉升起
身后，终于有了自己的土地

他辅佐，他献策
他隐忍，他大度
他不花国家一分钱
却把骨灰留给江河大地
他走了
人民留住了他的魂
他依然站在船头
笑看春光粼粼
浪飞涛急

宝安，华侨城

高架上那两条婉约如线的铁轨
分明是穿越历史与心肠的彩虹
从海外，从异域，从游子的脚下起航
飘落在大梅沙的群山峡谷里
心里数着坐落在苍翠中的楼厦
一座、两座、三座
当数到心花怒放时
我已泪流满面

我的异国同胞兄弟姐妹啊
他们把艰辛、苦悲、泪水抛在异国他乡
把一颗颗乡心捎回故土
成长一片绝唱绝响绝色的森林
多好啊，错落有致的站队
异彩纷呈的孝心
大梅沙，自豪了，骄傲了
怀抱里簇拥着忠孝的子孙

落叶归根
落叶归根

走进茶翁古镇

走进时，迎我的是一位驼背的老人
重负、艰辛、沧桑于一身的老人
不用品尝"铁观音"的味道
看他一眼，足以俘获了我所有的尊崇
呵，老人
你从岁月的沧桑中走来
你从茶溪谷的深山走来
你从善良与大爱中走来
就为一杯酣畅淋漓的茶水
这杯岁月淘洗、磨砺、提纯的茶呵
难道不是一首美轮美奂的诗歌
您向时间要甜，要甘，要美
不惜手破，脚伤，腰弯
我定义您就是一位劳苦功高的诗人
您的诗种植在善良的高地
天下所有的茶树就是您的碑铭

我不知您的名字
可茶历上写着
我不知您的履历
可茶叶上刻着
我甚至不知道你炮制了何种名茶

209

可每一杯茶里都有您的闪光
坐下来啊，老人
今天，让我为您斟一杯茶吧
跪着，递给您
您可看见浸泡着的一颗敬畏的心

北江诗笺（组诗三首）

北江，一条幻河流过仙境

拨动那滚滚的江水
必须以诗的名义
恢宏、超越、想象、跳跃
最好化作一条湍流
抑或一条巨鲸
翻飞，搅动一江碧浪

此时，我已站进刘禹锡的目光
仰望青空一鹤的悠然
耳畔，耸起诗情的骚动
船行一江绿水
风吹满目苍茫
恰似与韩愈的船舷擦过
又目送苏轼的衣襟远航

是何等的仙人造化
营造了这山、这水、这方水土
飞来峡、飞来湖、飞来寺、飞来阁
一串飞来的诗情意绪

211

点燃着梦幻的天堂

北江，一条幻河流过仙境
也流过我——过客的心头
一支诗笔从历史的源头伸过来
何苍苍？何茫茫？
点化人间，义正气昂
我手拂一江碧水流远
捡起诗歌的一节节骨头
点燃阵痛后的光芒

先贤雕像前的沉思

在泥塑里，他，他，他
还活着。韩愈，张九龄，刘禹锡
苏轼，米芾，杨万里，文天祥……
这些拨动山水云雨的圣贤
站成历史的星辰
眺望和沉思

他们手执神灵的拐杖
和山并肩，与水相依
映天照地的灵魂
被记忆的天屏雕琢
无数脚步与瞻仰的目光
从春走到秋的深处
浸润生活的和弦里
站成一种大哲的风景

本来是我观览他们的
却被他们观览
那目光直射向我的卑微
击中我的要害
我抽回我的苍白诗歌
掩埋我的身影

在巨人衣襟的袖口
我俯身拾起——
"白雪却嫌春色晚"
"春江水暖鸭先知"
"旧时王谢堂前燕"
"特地吹香破梦魂"
陨石雨般、星子般落下来
砸疼我的脚跟

我虔诚地收起一袭目光
收起山光水色的妖艳
决然带它们回家
那是我诗歌过冬的口粮

雨中，船上畅饮

情，在雨中烧着了
雨，在情里更急了
那酒，紫红，浓重，馨香
它不是吴刚捧出的桂花酒
它是姜林捧出的桂花酒
我断定它酿了三十个春秋

今天，它端在北江浪之高
举在九嶷山之巅
送进诗歌的嘴里
醉倒千重浪峰

透过酒杯的明翠
我依稀看到那壮怀的身影
我们都在酿一杯老酒
用桂花，用语词，用泪水
酿给爱人．
酿给朋友
唯独酿给不老的诗歌
这是一杯尚好的老酒呵
浸润了人间的大美

心动了，雨急了
船行了，景美了
我们捧着酒的美味韵长
眼前
又洞开一片诗的天堂

西望大沟（组诗五首）

西望大沟

时间没能淘白我的记忆

我的心常常溜走

登高西望，西望那一团历史云雾下

笼罩的发黄的史书

它是皇城延伸的龙爪

它是紫京飞出的流泉

——门头沟

我与它在一场情里

驻足已久

那注定是一页发光的履历

我从戎的第一杆枪的刺刀

曾挑起妙峰山的云霞

我青春的威武容颜里

也浸染着你的春秋

我认定我是首都的一柄钢枪

巡察在京西的蓝紫里

镀亮我的青春

多好啊，门头沟
是我情感领域里最大的沟
任我怎么走
也走不出它的坡高
任我怎么飞
也未能飞出它的意境
是情窦初开的花朵吗
抑或是青春勃发的诗歌
心中刻上的传奇
记忆里最美的一朵莲
西望大沟
成为我情感的一种姿态
晴天，雨天
春绿，秋红
一阵忙碌得闲之时
我总是站上云头西望
望那大沟的兴衰岁月
找回我青春的驿站
那里有我的战车、马嘶
枪弹炸碎的夜声

夜宿爨底下村

是你吗？爨底下村
三十笔画写不完你的全部
我从字海里找到你的来路时
竟走到了我的古稀
当我攀越你的脊背
爬上你的屋顶

再看你的窝灶、井台
寻找你的秘密
我找到了我自己

我就是你流鼻涕的孩子啊
墙上，挂着我收秋的镰刀
烟囱，缭绕着我的梦呓
小学课本依然摆在窗台
歪斜的脚印
燃烧在雪地
今夜，风声来自遥远
吹过游子的旷野
我躺在家乡的土炕
一弯明月滚落我的怀里
宽阔的莽林、原野，
饱满的谷子、玉米
——围拢我的左右
它们是我的父亲、母亲
是我的血脉，心跳，
它们是我的饥饿昨天
是我铺开的滚烫诗句

在"妙"里找到轮回

登妙峰山
一身的汗水洗亮了一个字
"妙"，也许是山的全部意蕴
我不认为它是一座山的名字
它是神性的符号

历史定都于北京之前
这山早已来到这里
带着险峻之高
视野之阔
伫立京西大地
荣华与贫苦、喜悦与悲凉
都需要心的瞭望
这山就是依凭
登上"妙峰",一了千秋

我登上顶峰时
云飘风唳,楼耸泉飞
苍茫也,豪爽也
一千里入境
八万象璀璨
就在此时,在山的腰部
我眺望到一片枪声
枪声撕裂山谷断崖
枪声射杀夜的睾丸
拼碎盔甲的士兵战死了
一块青石,屹立崖畔

那岩石等在风里
瘦骨嶙峋一身雄风
它是镇守国门的一柄钢枪
我的爷爷或者父亲
我羞愧走近它
顿时,我摸到了我的渺小

渺小成一粒沙子

而它高于晴云，阔于海洋

而我轻于羽毛，小于水滴

我真想钻进它的"妙"里

做一回它的儿子

复归我的生命

樱桃沟的一束樱花

遥远的记忆生出翅膀

沿一条河流潺潺而来

一沟的花朵，一沟的婀娜

风吹香溢

挤窄了五月的胸膛

坡下的一枝摇曳

突兀而立

脉脉含情

举一串白雪的灯笼

是在等远方的足音吗？

是的，我曾为她歌唱

那是在幼小发芽的梦里

她叫樱桃，小小花蕾

我们无猜，戏耍坡堤

种子被时间冲走

我要把你领回家

种植在掌心

和诗歌站在晨光的肩头

血液的灌溉
喂养你的夜色晨曦

珍珠湖，有一粒跳上岸

这是四月
该不是打捞珍珠的季节
我们好奇
欢愉的脚步站在湖边
望穿三千春水

人的育地是子宫
珍珠的产床是蚌
洋水浸泡春秋
那珠便滚圆锃亮
那珠便镶在华贵的头冠上
那是时间、水、忍耐的结晶体

我低头审视昨夜的诗句
黑未褪尽，她就诞生了
光泽灰暗，匠气生冷
珍珠有灵
跳上岸和我对峙
我真想跳下湖去
与珍珠一同入蚌
做一首浸水而饱满的诗歌

春到五道沟（组诗五首）

为五道沟命名

当我以诗为你命名的时候
我就想到你的五道沟的意象
那沟其实是五股神水
从燕山山体喷涌而下
灌溉孕育这片皇城以西的大地
人说，这是龙的五条巨爪
紧紧护卫着这方圣土的神奇
京西，京西，京西
两个字概括了你所有的含义

门头沟，我喜欢这个名字
最早你从农家的鸡鸣中闪身
你从我的家门口走出
落户村庄的名册上
私塾书先生顺手拈来
一叫多少年
叫开了日出月升
叫艳了山水大地

我登上定都阁的高台

就眺望到京城的长安大道

从东至西延展，恢宏而壮丽

皇城的紫气惠风云蒸霞蔚

太平盛世的祥音与天并举

是天意造化京西之镶吗

竟拥有龙的传说龙的福气

你的山你的水你的矿藏你的稼穑

你的屋你的塔你的古道你的庙宇

都有着别样的色彩与诗意

千年的版图今人续写

有赖于二十世纪的手笔

山要披绿水要澄清林要加氧土要加肥

苦要变甜汗要有声路要进山地要更衣

一双神奇的大手

左挥右甩，上下狂舞

五道沟，沟沟堆金

五道沟，沟沟聚玉

五道沟，沟沟流油

五道沟，沟沟新曲

我曾试着做你的山民

握你的千年犁耙闻鸡鸣起身下地

犁你的黑土下种

播下饱满的种粒

我也曾梦想作你怀中一块石头

铺脚下路，砌山中屋

砥砺霜雪，沐浴风雨

不，还是做你一朵野菊花吧

插在你的衣襟

染香你的笑语

爨底下村

为了一个字走了多少年

今天，才看到了你的模样

爨底下村，我心中的谜

你的奥秘，你的天性，你的八卦

都在一个"爨"字里

生僻得连字海都摇头

站在你的村口

我在手上写下这个"爨"字

一笔一画，一笔一画

笔尖划过石屋森林和炊烟

才露出你的笑容

分明你就是山民生命的总和

多石多坎多苦多难多血多泪的过往

浸润了发黄的历史

土地很少，石屋缩小了身子

挤着沿山势站队

那个被挤出队伍的小屋

竟点缀了大山的一角

村里的路都姓石

村里的墙都姓石

这里的人都是石头的长相

这里的空气都是石头的气息

大山环抱着她

多少年守着她的呼吸

爨底下村，你太古老了
古老的像一颗无语的化石
厮守着处子的贞操不曾失身
听说青壮男人和女人都追逐了城市
少男少女也不在守候古老
只剩下石屋石路和南瓜的藤蔓
迎候八方的游人

我转身，目光停在画板上
一双稚嫩的手凝固着历史
走远的不是古老的民德民风民气
也不是石屋石街古道
该是我们的心

马致远的小令

马致远（约 1250—1324 年），元代著名戏曲家，门头沟有其故居。其《天净沙·秋思》流传千古。

一首《秋思》拉长岁月的身段
从元代的右手递到明朝的左手
再传到清朝的辫子子上
最后的余音在王平镇的屋脊上缭绕
今天我来寻访
可拾到一缕秋凉

枯藤还在老树还在昏鸦还在
小桥还在流水还在人家还在

古道还在西风还在瘦马还在
不在的是天涯的断肠人
和那一支愤世的毛笔

天地悠悠
岁月悠悠
斯人已去
握一把秋愁
黄肥绿瘦
我的脚步移向古道
追逐踏乱的蹄声
深深浅浅的蹄窝里
我拾到了一粒星火
是留给我的吗
在我的诗稿上闪闪烁烁

巨石上的三间房

偌大的一块石头
托举着三间砖房
是游走的一个乡梦
是守在村口的哨岗
我特欣赏造屋人的匠心
他是一位诗人
把诗眼写的新奇响亮
最早是一座庙宇
十三阶梯可登上神的天堂
香火弥漫着山民的心境
一年四季护佑农家的安康

如今，神搬走了
入住家家户户
三间房空空如也
只有回忆在心里敲响

让我住下吧
我的名字入册这小小山庄
我的心交给炊烟鸡鸣
我的血交给山泉流淌
为山村值更报晓
也许是我最后的诗行

夜宿山村客栈

一天旅迹歇在这里
香了梦境爽了呼吸
喧嚣、轮声、繁杂、烦躁关在窗外
净土的静没过头顶
忽然，一弯月牙的物体闪过我的脑海
那是一片铁状的尤物
土地的上层结构
锄头，我的最初身份
竟让我止步在梦的长廊

锄头，还认识我吗
不，我还认识你吗
五十年前的逃离
我疏远了农村
生命交给我另一块铁

枪，于是
我的血在这块铁里凝聚

挂锄了，你的主人进了城
忘了你的存在吗？
你固守家园，勤劳土地
在墙角，你铮铮作响
静候春耕的潮汛
也在召唤我吗

锄头，健壮我一生的铁
奠基我生命之根的铁
几十年了，斗转星移
我永远是农民的儿子
血液流淌着土地的浓郁
今夜，我重申我的誓词
你永远在钢枪之上
让我识途，让我风雨
唇上留着五谷的芳香
二月，冰消河开
三月，布谷鸟啼

村庄的植物（组诗六首）

不能忘了它们
它们是老一辈人的化身呢
是早年的诗
它们搀扶我走向生活
　　　　　——题记

老槐树

奔走的姿势，永远
是你的火焰
一场风雪又一场风雪，袭击
虬枝残叶
终于打弯了你的腰

瓜熟了，玉米也香在暮色
不能站立的意志没有屈服
拐杖支撑一个多皱的灵魂
在田野里走来走去
把一个醉秋装进口袋

母亲说，老树没几天了
葱郁的枝条与叶子

在一个早晨簌簌脱落
他走时，在人们的梦里
黎明前的神话
收编了老槐树的所有情节

枯柳

在我的记忆里这柳很老
弯腰驼背，步履蹒跚
披发永远下垂，下垂
也抓不住脚下的泥土
春天也不恩赐，把枝条
绿叶分发给张扬的白杨
而你依然枯瘦
哭泣着被阳光抚摸
只有夜里，才出门
捡拾些黄鼠狼运丢的粮食
就这样，还是唾骂黑夜

天大旱，脚下冒火
天大涝，脚下水泡
这么轮番地火来水往
枯柳依旧是村庄的记忆

那一年，枯柳走了
悄悄走的
我回来时，路边多了
一个土丘
村民说，那是柳的家

229

酸葡萄

时光交给老屋的
是一架藤细果稀的酸葡萄
她的男人走得很远，远在
星月天边
她以女人的纤弱喂养春天
秋熟时，满架的葡萄滴着酸泪
年复一年

是土的缘故吗，还是
风水不好
葡萄藤连根移栽了一次
果实多了几颗
却耗白了几亩白发
日子一节比一节涂得更暗
苦涩的女人啊，多像
屋前那架酸葡萄
酸的岁月，苦的身子
直到她走进一个叫冢的地方
那架葡萄的儿女们
还在生活的堤岸上喘息

雏菊

雏菊，在大山里招手
眺望远水的涨潮
有一条鱼儿上岸
邂逅成了一首情诗

时光把雏菊的缤纷剥落

走远的花瓣作了风筝

枯槁陪着日影西斜

与大山一起苍老

如花少年握一把暮秋赶来

激情止步在皱纹的纵深里

山菊无语

心事沉重过大山

马兰花

闹哄哄赶在五月

一朵一朵开在场院里

一个男人和一个女人的逆向思维

有意无意中，炕头开了

朵朵马兰

花儿只装扮美丽

掏空了房子的肠胃之后

花儿们飞走了

场院不再有春天的喧闹

两只佝偻的身影，守着

三缕炊烟

马兰们也常回来

是缺亲情的养料的时候

来一次，剥掉一层墙皮

来一次，掏空一次肠胃

直到佝偻的身影，弯进
村头的泥土里

樱桃

水塘的岸边，摇动着
一蓬椭圆形的锯齿叶子
那是村里的甜蜜
夜露喂养大的青春
活脱脱一个临风少女

脸圆，红润
随口叫"樱桃"
好名字叫不出好命运
豆蔻之年做了东村的媳妇
出嫁时樱树刚刚挂果
满身流淌着青涩

其实樱桃早有爱情
竹马青梅埋在青纱帐里
她出嫁时，偷偷地
丢下一块手帕在草丛
也未挡住迎亲的马车

苦水没有浇出好日子
樱桃爬上大槐树的老鸦窝
然后跳下，做了仙女
爱她的男人接住那花儿
还魂最初的爱情

回望"大水井"[1]

藏在深山的一泓，闪闪烁烁
是地眼，光芒刺破苍穹
井和故事恩爱地下
和远山秀水一样安宁
当我返身京城的居所
突然发现，我的心丢在了井里
我必须驾驭诗的翅膀
擦亮大水井的苍老和受伤的心灵

风尘可以掸掉
记忆却无法抹平
大水井，一个民族的烙印
竟让我有了难离难舍的情动
山泉从地心破壁而出
生命在这里强大而繁荣
我在井边停住脚步
一下子踩到了千年的疼痛

我站在井壁之上
俯首亮过银子的泉水
宛若少女的明眸
照亮本已杂陈的心空
悠然间，家乡的老井闯进脑海
长长的井绳
荡漾的水声

---

[1] 大水井：位于湖北利川，建于明末清初，是当地富豪李氏祠堂的所在地。由山泉汇流而成井，村民保护存至今。百多年前曾发生毁井和护井的斗争，存有传奇的故事，因此成为当地一景。

连着全村人的脐带

再穷也保卫井水的干净

寻短见的人投河也不能投井

年节总有香火点燃

井，有高于一切的神圣

我环顾旅人的面色

有谁不被污水浸染

就我也倍受罐装纯净水的浸蚀

已患有胆结石的疾病

大水井，你庆幸

身居深山依然干净，依然淙淙

是历史掩藏了你

才有了处子般的仪容

大水井，你是山里人的血脉

大水井，你是我心中的隐痛

历史走远了

你却做了历史的眼睛

大水井，我的生命远亲

我该怎么描述你

抹去为水的拼杀和争斗

删去冗长与杂草

只说——

我对破坏者的憎恶和对一滴水的恩崇

复活的生命

——写给一代文宗纪晓岚

瞬间，记忆突然碎裂成

很多夜晚……

就是在这个没有星光的夜晚

变色龙

黑色的幽灵

排队走向我的荒野

一条幻河，一座魔山

挤压我的心脏

冲刷我的肉体

我的外衣在黎明前焚毁

又一个瞬间，记忆突然复活

一只神鹰

是复活的全部神话

他从乾隆的圣殿而来

他的羽毛轻拂我的头颅

他的利爪抓住我的诗歌

神鹰啊，他与我

一朝相逢

我们瞬间走完了百年风雨

那鹰扔给我一块骨头

鹰的骨头

那里有春的芽苞

雷的火焰

那里有比硬还硬的钙质

有诗的风骨和血的记忆

我吞下

不

我插在我的心灵旷野

——作旗

唤醒我生命的所有细胞

让我不再枯萎灰暗

你带刀的舌头缠绕我

黑色的悬崖远离我的土地

你就是岚岚的云霓在天上

我匍匐在地表

做你脚下的一块石头

请点燃我吧

在你的心里

嘉兴走笔（组诗五首）

月河，觅你在掌心

环城的水带缠绕了几圈
自以为爱情的灵光涂了满身
其实，月河躲在深处
眉来眼去的不是爱情的处子
都是打眼的芦花浮萍
离别的心动让我明白
不是所有的水都是月河
像大地上的花朵，不都是玫瑰

驻足滚滚而来漾漾而去的河流
那不舍昼夜的惆怅与冷漠呵
迎头砸下，扒光了我的情感外衣
我知道爱情的修炼
我更知道月河含丹茹苦的源地
它不会轻易给予
怎么会扬花拂柳般的得手？

月河的指认一次次失败了
她肯定是一段处女的河床

大运河把它深藏了
静静地隐秘在深深的圣境里
告别就在转身之间
我俯身捧起一捧浪花
捧起月河的青春脸颊
让她在掌心修炼成一朵莲花

男树，女树

当我被一个传说浸润后
那树果然飞翔起来
它伸出的枝条越过河界
对岸的思念也伸张手臂
它们演化着人类的情感
生儿育女，古道情长

男树，南岸
女树，北岸
一条河隔开两棵树的爱情
恰似银河两边的牛郎织女
落户人间
这不是诗的升华
这是大地的圣篇

假若我能在这里守候
指风绕行
阻挡偷窥的鸟儿
让它们在星光下相拥
让它们在情海里呢喃

夜里，我会为它们挑起灯盏

那是一片落叶吗
不，是它们遗落的泪珠
抑或一枚信物
是留给我的念想
让我相信爱情的至臻
山不能隔，水不能断

红船，红船

从千里之外举着你
在神圣崇高之上供奉着你
红船，红船
走近时，眼前的景色都红了
夏季的长发泼彩
晚风中的山川泛绿

站在嘉兴的斜阳里
勾画你的脸庞
比画你的身躯
想你启航前的阵痛
梦你雷击电闪中的航迹
红船，红船
你驶出暗夜的伤口
终于拉响进军的长笛

之后，手握曙光的人都走了
燃烧着，飞翔着

飞向无限之高
飞向无限之阔
船桅做了城门前的旗杆
船板做了楼厦的地基

带起的浪花落在我的中国
那红啊，穿透历史的胸膛
花开原野，星火遍地

谁说我不是她的一颗水珠
奔越千山万水来朝拜
我纵然长成一条河一簇浪
注入那庞大的水系
红船，红船
推波助澜的有我
你朝中国梦劈波斩浪前行
让我的骨血写下你的神奇

题三步两爿桥

只三步就踏上两座桥
正如当年你我的爱情距离
一桥在左
一桥在右
一转身就是家

羞涩是一堵墙
晨起，你向东追赶鸡叫
我向西，采摘树梢的星星

谁也不敢跨越七夕桥
梦后，我们只抓住了背影

冯氏老宅的主人走了

怀揣一场大雪走的
如今，那场大雪已轮回了九九八十一回
雪化了黑暗的天色
雪开了艳阳的长天

昨夜，在家乡，在田野
雪掩了高墙大院前的河流
雪缀着贴着福字的长栏
你心中那场雪化了吗

仰望九子岩

九子岩，纵然成了佛的化身
巍巍然，宏宏然，头抵蓝天
我落伍了，赶来时我已在神界之外
世俗包裹着，蓬头垢面
告诉我，怎样刮骨疗毒
坐禅修身，脱俗成一泓清泉

站上最高的山坡，借一阵风的翅膀
仰望九子岩，身后有无声地飘落
昨日的琐碎堆在脚下，躺成一地往事
我听到了天籁的福音正洞穿苍穹
有一朵莲花悠悠远

仰望是高的开始，高度却在低处
转身便是修行，丢下便是获得
这些来自偶然流转的禅意
我将受用一生
扑下身子做一抔泥土吧
喂养属于我自己的

清水之上的圣词（四首）

清水村，我这样走近你

这是十月，为了一首诗的承诺
我乘一朵南去的云
降落在你花开的土地

清水村，你知道吗
就在昨天，霞光乍泄的时分
我已经站近你的怀里

清水村，你好吗
不用回答我，我从时代的光芒里
已看到你焕发的容颜
已触摸到你与山齐高的身躯
我知道你的水，像圣水一样的高洁
你的庄稼，像翡翠一样的碧绿
还有你赡养的慈眉善目的老人
都有着青松般的年轮
你怀中的孩子像浪花般的神奇

清水村，让我谢绝你十月的玫瑰

谢绝你山中的大枣，庭院里的甜梨
我只需要你庄稼般的憨笑
我只需要你梦幻般的美意

因为我啊，不是远方的客人
其实，我是你一杆出走的钢枪
是你奶大的殷红的血滴
我的故乡与你何其相似呵
也有炊烟缭绕的晚归
也有挥鞭下地的晨曦
其实，我就是你的儿子啊
今天是游子还乡
重返故里

让我一头扎进你的温暖
尽享你的亲情大爱无语
此刻，我只记住你的名字
清水村
我难以割舍的爱恋
清水村
我走远又走近的呼吸

清水之上的圣词

清水村
你就这样坐落在山与水的上方
是天意的指使
你才有了这样的尊容
山做了你的骨骼，水做了你的灵魂

我是个诗人，该怎样为你修辞
献一首圣词

我知道，清水村
和你相握，需千年的修炼
以莲花的洁体
以霞光镀了的脚步
以薰衣草沐浴过的身体
然后，才能站进你的掌心

我来了，通过你壁立的峡谷
追逐你珍珠汇聚的流水
那是你昨夜酿造的话语吗
无声地飘落，已洞穿我的躯体

请理解我，清水村
我是个凡尘俗子
蓬头垢面，就是一粒粗糙的石子
请你告诉我，该怎样修行
才能成为你的孩子
啊，我懂了
你的巨石上的固化的渔网
山坡上的神马蹄迹
还有万载不竭的泉水
冥冥中暗示我
也许，我一转身
就是你的骨肉
于是，我只拾取你的一块石头
日后打磨，洗礼

佛说，石头开花时
那是写给清水村最美的圣词

脚步，走向何处

听到了吗？充盈耳鼓的
不是花朵绽放的声音
不是果实坠落的声音
而是沾着泥巴的脚走路的声音
它敲击着大地，更是
敲击着人心
脚踏着云朵抑或诗的韵脚
一步步走向良心的根部

清水村古老的山路上
镌刻着这样的脚印

看到了吗？八方来客
蜜蜂样拥挤在百岁泉边
伸手掬一捧泉水，畅饮
他们不是为干渴而饮
他们是为洗涤心灵而饮
他们是为祈福而饮
泉水来自大山深处
那水跟随着脚步流向山外
一直流向长寿的故乡

清水村有一条亘古不竭的河流
它的源头起始于脚步

十月，一片汪洋

沉甸甸的十月，要歌唱
歌唱一片汪洋
清水村的臂弯里
晾晒着一块块稻谷的玉盘
它注定是我的诗歌
偌大无比的产床
这是一片意象汪洋的海啊
善也高
寿亦长

我要这里回归，梦想
溯源我生命的河流
我更要在这里扎根，生长
繁华成秋天的翠翠苍苍
我要饮尽长寿的甘霖
我要茹苦善良的雪霜
让我站进稻子的行列吧
夜披星月
日沐灿阳

清远，绿色书写的城（组诗六首）

冬之旅，相约绿色

季节的轮回使这个冬天的果实
有了无限的饱满和纯粹
这个冬天红放绿绽的江南小城
依然以绿色的眼睛眺望北国的雪
此时，我怀抱春天上路
去应答一声绿色的召唤
以诗的名义为一座城市代言

"绿色的城，绿色的诗"
是先河的昭示，又是历史的忠告
似乎时光老人跋涉了亿万年之后
隔岸抛掷的二字箴言
绿色的信仰摆在时间的额头上
它是劳动之后，安康之后的生活指南
也许是老子的"天人合一"的完美诠释
生活一再提示我，是时候了
那些山的脉动，那些河的喘息
那些由黄复苏的田野
那些楼厦向阳的窗户

还有诗歌的庞大家园

多么需要负离子的供给

多么渴望绿色的呼吸

那是一个朝阳初升的早晨

我驾一缕清风降落在清远的睡梦里

驻足，凝眸，审视

我将以怎样的姿势加入你的城池

又将以何等的品质靠近你的躯体

清风的柔媚

耀眼的翠绿

摇曳的花朵

向远的神气

我必须，以别样的姿势站立

清远，绿色书写的城

清远，我爱意满满地呼唤你

心中充盈着敬仰和由衷的爱恋

你从远古的流韵中走来

身披历史的盔甲，怀揣诗歌的神灵

在勤劳、纯朴、钟秀、创新的号子声中

站在二十一世纪的地标上

绿的耀人眼睛，绿的动人心脾

我是说哟

我说的绿色不仅仅是天然造化的

大山本能的绿色屏障

和北江远古奔腾着的绿色的血

以及在冬季还勃发着的绿色光芒的黄土地
那是上天的恩赐，不费一丝一毫的努力．
树不仅绿在白天，花也开在黑夜
就像天轮自转

而眼睛看不到的那种绿色
那个以高尚的大手书写在人心上的绿色
被一代代人调色默默书写着的
人类现代文明的精神殿堂
却悄无声息的加高、积蓄
你可以随便走向任何一个街道
也可以任意推开一户门窗
即便走向一个老人或孩子
迎面送来的那个浅浅的微笑
和他们为你敞开的怀抱
是不是有着绿色的成因
和诗意般的温暖

街边的老榕树告诉我
一个环卫的女人，十年如一日
清扫垃圾，拾荒岁月
她护卫的道路像少女的脸庞
她看守的河堤四季常绿
她用心用血擦拭这个城市
她让青春涂亮了这个城市
她的腰弯了，天色却亮丽了
这是不是绿色的另一种延续

我真想去拜访一位消防战士

清远，绿色书写的城（组诗六首）

火灾面前他的无畏，他的义勇
他是吻别爱妻之后走的
他是庆贺 21 岁生日之后走的
为了这座城市的安宁
他化作了一缕轻烟
由他转换的特殊绿色
正在这座城市的上空
飘逸

今天，诗歌受命绿色的召唤
我要站在清远的山峰之巅，北江之畔
掷下诗人的尊严
我们都是绿色的使者啊
加入大山
就是一道绿色的山谷
投入北江之水
就是一股绿色的惊艳的涟漪

小木屋的守候

今晚，有个"小"字陪伴我
九龙小镇，小木屋
是我全部的夜生活
其实小镇不小，大城市有的这里都有
花千树的夜景
老人仰天的阔笑
街店的醉咖啡
鱼贯如游的车队
唯独小木屋

251

抢占了九龙小镇的风头

也许，它已守候千年
包裹着乔木的沉香
含蓄而内敛
左放一壶英德红茶
右置一盘沙塘桔
墙上半盏紫罗兰
垂钓远方的梦游人

也许，大词人苏东坡来过
吏部侍郎韩愈来过
诗豪张九龄来过
刘禹锡刚放下诗笔出门了
"便引诗情到碧霄"的意绪
依然挂在木墙上
仙鹤在飞翔

今晚注定与安静为伍
推开纷繁与嘈杂的枝枝蔓蔓
相约千年的"我"做客
自己与自己把酒欢歌
我不要梦来敲门
我不要星月临窗
就这么紧紧抱着小木屋
取暖
我静静地死去
我静静地醒来

英石墨菊吟

大潮，似乎在一夜之间
把深山的石头推上岸
这些石头，便以
鹰的虎的豹的象的灵异
鲜活起来

亿万年的淹埋、浸泡
地气的镂空、雕琢、修炼
被一声呼唤叫醒
石头们从地下转移人间
好一个英石的家族列阵示展

我走近一块块怪异的偶像
它们沉默，它们雅淡，它们无言
但它们都有无数个眼睛
都有博大的灰色的心跳
足以把我沉寂风尘的情思点燃

我以敬畏的方式走近或远离
梳理地下的纹理暗河的堤岸
想象那个天崩地裂的时辰
有多少村庄吞没，牛羊家禽的走失
又有多少爱情的花朵熄灭了火焰

此时，一缕清香掠过
沿着绿带的波纹展开视线
那不是我多年出走的菊吗

那菊一身墨色依然夺目妖艳
离歌尤在
定格成弯曲的花瓣

我真想拥抱她，亲吻她
她却无声无语无动无颤
默默伫立
眸子留盼
任清风习习吹过
夕照阑珊

站进英德茶林里

站进英德茶林里
我就是一棵茶了吗

那时，晨光乍泄
那时，冬风还暖
那时，满坡镀绿
那时，香溢江天

我是说，多么好的时光啊
我和诗歌一起站进茶林
与茶相亲
和茶颜欢
茶香濡我于心
茶贵荣我于身
茶和我不再分离
我和茶永结善缘

就在一瞬间

我疑惑了

站进茶林就是地道的茶了吗

那茶呵

天造地设的茶

大地酿成的茶

星露月辉的茶

神灵琼浆的茶

须有脱胎的风骨

更有经风沐雨的修炼

此时，我默默走出茶林

站在高处，回望

那波光粼粼的茶林哟

那绿油油的茶叶哟

我只是一叶未满的小小植物

正如我的诗歌

羽毛未丰

叶弱根浅

游洞天仙境

冬天的花朵说

今天不去看古森林了

去看洞天仙境

那里有神造的奇形怪状的石头

山洞里有铜骨铁质的万年灵芝

有涌动的暗河穿透大山的骨骼

有仙鹤爱情的涅槃故事

我诚服了
花朵的手指会写诗
会魔幻出那里天堂的美
是我们的前世
我怀疑着
这些和我有那么近吗
不经心总会有突如其来的收获
步入天坑猛抬头，崖壁之上
洞开一个长长的天际
看它多像祖国的一块版图
那是诗人余光中烧火做饭的地方
那是诗人写满乡愁的地方
难道亿万年前就有神的旨意
这块宝地早被天界收藏

我哪儿也不看了
让我在此落地生根吧
做棵大树抑或望乡石
让凝望化作我的使命和思想
看着它怎样由缺变圆
又怎样飘过海峡
和祖国共梦情长

密云恋曲（组诗五首）

乘夜之翼

那是一个夜朗星稀的夜晚
我几番振翅飞回那一片汪洋
天神织密的云霄之阔
托举了怎样的激情爱恋
穿越 50 年的山河
鸟儿寻觅逝去的初巢
我要落在那一片大水之畔
拾起染血的羽毛

那一片汪洋之水啊
最早由一群火鸟酿造
那翅搏击风声
那爪抓住山石
那是采自天空的云根霞朵啊
种在这偌大的盆地
今天，我只能乘夜返回
借星光月色与你倾谈
我的羽毛呢
我的歌声呢

伸手牵你的碧波

一波波悄然而去

浩瀚深广的汪洋啊

你为什么沉默无语

难道你不认得当年的小兵

我的汗，我的血

在你的浪里，魂里

敬礼，耸立心窝的大坝

注定是一夜无眠

比晨钟还早的是北方的湖水

一波波卷来

直抵我的枕边

那水来自历史的圆心

一次一次把我喊醒

还等什么呢

我的军衣已经佩戴整齐

我的心情已经擦亮

我以士兵走正步的姿势

走向大坝

走向我劳动的威严

把积蓄了半生的敬意与爱恋

倒给你

敬礼！耸立心窝的大坝

高过我手中的枪戟

没忘你一把土的黏稠

竟跟随了我钢枪的旅迹

从你手中接过的火种

繁华了我一路的诗歌乔木

它们疯长的速度快过坝体的上升

那水，铁锹引来的汪洋之水

直浇灌着我的秋红

我的夏绿

紫禁城上空的那片云

注定是一片祥云

饱满如水

就那么安详地悬浮着

守候一座城池的大梦

此时，我不说出它的美

也不用点破它的含义

许多许多年了

它不曾为已采一分光艳

它不曾为已取一勺水滴

那云与雾灵山盟誓

那云与潮白河挽臂

千秋不散，万岁不移

今天，我驻足在密云的山河

只想为你跪下

把敬畏种植在脚下的土地

潮河，白河

最早的诗，找不到它的源头

只留下两个干枯无绿的名字

潮河
白河
睁大两双眼睛
直直地看着我

老乔说，潮河从西边的大山来
白河从东边的旷野来
在家门口拉手汇合
之后，像一条蟒蛇游走了
是你俩说好的吗
在山前甩下一个大大的水泡
汇成一片汪洋
是老天抛下的一面天镜呢

雾灵山在前
明长城在后
铺天盖地的大水库
该不是潮白河丢下的圣子哟
守着密云的枣儿红
守着密云的稻子绿

夏风里，含羞的樱桃园

一嘟噜红，越过夏绿
迎向我
在樱桃之外
我看到了一颗液汁饱满的心

再贪婪的手

在这里也小心了
樱桃裸露着浑圆的灯盏
照亮尘世的干净

我不敢大声喧哗
莫要惊落不染尘的星子
悄声分享一团红汁的浸润吧
由灵到魂

遂溪诗梦之旅（组诗五首）

诗人，擎着火炬

我们是被一声召唤上路的
诗歌说：向遂溪进发
北方的雪塔，南方的翠竹
西班牙的斗牛士，美国加州的雪豹
加拿大的橄榄树，澳大利亚的优质羊
新西兰的凤尾竹，意大利的圣彼得剑
风云集会般涌向南方的蓝
在一个叫湛江的地方降落

队伍是由星火组成
在女神的统领下，浩浩荡荡
集结，出发
就在北部湾，海上丝绸之路的起点
在八千年前先民耕海的鲤鱼墩
两千年前汉武帝屯兵征战的烽火台
在唐宗宋祖血缘流淌的黄土地
守海人抗争外侵的红土地上
我们凝视一个诗意的名字——遂溪
于是，我们驻扎下来

决意做遂溪的一粒火种

诗人栖息的地方总是火焰升腾
那晚，螺岗小镇的夜空星光璀璨
我们在诗歌墙上签上自己的名字之后
便把身心交出来
让这里的浪花洗礼
让这里的海风剪裁
几十栋置身于星光月光下的别墅
藏不住百十颗五洲风云激荡的心
我们与螺岗小镇的灯火同明
赤脚穿上夜的筒靴
跨上诗歌的骏马
拥抱热血升腾的山海大地

看海，看地

这海，在这里潮涨潮落几万万年了
它咆哮过，它疯狂过
它繁华着，它繁衍着
它把盐巴、绸缎、陶罐、竹器
在浪花上托举着送出北部湾
壮写着一条海上的大道
连接起中国与西域人的美好梦想
就是脚下这片汪洋
我们是不会理解它的广博胸膛的
我们在海的涌动中繁衍成长
一代代，一辈辈，父辛子荣
一年年，一月月，斗转星移

海上有巨轮，海上有长桥
海岸有楼宇，海湾有渔村
海的故事很多、很长、很厚
我们是一眼望不穿的

（而面对沙虫，我们看到海的善良了
那是大海留在海滩蠕动的梦）
这地，在这里春浅冬深几万万年了
它沉默着，它裂变着
它哽咽着，它歌唱着
它驮着汉武帝征战的马蹄
它养育着粤越祖辈的儿女
一波一波的绿涌向天边
一阵一阵的香化作诗意

我来自寒意袭人的北方
一下就站进南国的柔情里了
温柔浸润着我的呼吸
我亲近这些庄家的姿势
伏地而生，向天而长
热烈而沉甸着眷顾着土地
历史似乎在这里打了个结
时光在脚下注入了耕田人的新奇
我们的目光投向田垄的篝火
北薯南种的神话正在演绎

（啊，这落户遂溪的地瓜蛋蛋
滚落地头烤热我们的泪滴）

螺岗小镇之夜

我敢说，只有今夜最安逸
睡也甜，梦亦香
这个用海螺壳打造的小镇
浪花银朵镶嵌着我的梦乡
西班牙诗人山林不肯入睡
我俩在乡音的对话中梳理诗歌的翅膀

那时，螺岗小镇刚刚过完丰收节
我尝到了你幸福的滋味
赶海的渔网收官了
我搭在渔歌上的手臂触到了远海的波浪
这夜呵，我怎能酣睡
脚步踏着我的心跳
我决意和螺岗小镇对饮
度过不眠之夜
任夜风吹乱我的头发
揽一缕往事漫过我的空旷

螺岗小镇啊，今夜无眠
看火树银花还在绽放
我和诗歌一起奔走
丈量你的高度体查你的思想
你也曾是一块海边礁石
是大潮推拥你上岸
恍然间你脱尽斑驳
是时代让你耸立潮头
在时光的云端之上闪着奇异的光波

于是，诗情点燃了
高蹈在小镇的额头上
我不再寻找虚无缥缈的词语
就是小镇的一节骨头
一滴汗液
一声喘息
足够我的诗歌引吭高歌
太阳出山时，我要扬帆下海
打捞金色的阳光，与你同乐

与乌木对峙

顿时，我抽回羡慕的目光
推开赞美的词语
目光与乌木对峙
圣美和高贵逼近我
我的骨节发出战栗的声音

众目之下，我转身
抽出身体里的一节骨头
扔进乌木藏身的地方
不就是地壳挤压吗
不就是大水浸渍吗
不就是黑暗没顶吗
不就是忍气吞声吗

只要接近你，我情愿
从此，我把自己深埋地下

脱尽铅华

隐忍呼吸

在黑暗中修身

在疼痛中圆寂

千年后我取出自己

也是一块好木

写给船体上的小房子

注定是一座巧夺天工的建筑

一个废弃的小船

嵌进砖瓦的骨骼里

举着一簇浪花的灿烂

托起一个家的威仪

我在它面前驻足、凝望

愿意向它致以军礼

应该感谢主人的良苦用心

因为太爱大海了

梦里牵挂，思里惦记

因为太爱船舱了

手里摇曳，脚下浪语

船桅做了绕墙的围栏

船体做了房屋的地基

干脆，把一座小屋建在了船体之上

大海就是墙外的花红柳绿

不见了主人的踪影

只有一间屋的挺立

他一定是一个踏浪蹈海的汉子
那船是他出海的精灵
那船是他如影随形的知己
当船运来幸福的梦幻
当船载满绕膝的儿女
他把家置放在岸上
船做了他永恒的记忆

长治抒怀（组诗四首）

眼睛里的长治

也许，谁都不会注意落脚的这个地方
竟有远古的神话，人类的传奇
一抬脚就站在了历史的源头
一伸手就触到了先祖的根底
梦里女娲补天的石火闪烁
似乎嗅到了神农煮药的气息
后羿射日的电掣电鸣
愚公移山凿石开路的锤击
都在梦里情中演绎

那一夜，一个"长"字装满脑海
梦里梦外，思情意绪
从日落的黄昏，到晓天初开的晨曦
长治
长治
长治
念三遍就幻化成意味深长的诗句
长治长，长过华夏的身段
长过太行、泰山、昆仑的躯体

长过长江、黄河的源流

长过黄土地的茅舍、博物馆的剑戟

我的根在长治的泥土上生长

我的灵肉是长治的水土养育

我是长治的后继子孙哟

我的家灶就架在太行的山脊

我血脉的灵魂从长治起飞

以华夏人的角色遨游大地

我就是长治"长"的无限延伸

我就是长治"长"出去的种粒

今日回访方知长治的博大

长治啊，我的故园

我会永远做你"长"出去的奇迹

雨中，我们祈福

我喜欢此时此刻的雨啊

哗！哗！哗！下个淋漓尽致

下个欢天喜地

我们心怀虔诚之心

跋山涉水而来

来自不同的尘事不同的经历

来自幸福的漩涡与悲愁的谷底

以各种各样的角色入座

危坐成一片肃穆之林

面对一个庄严的主题

在雨里，我们为祖国祈福

是一种怎样的情境？

此时此刻，没有了空间

没有了万象

只有一万颗心的静默

伏首在这里

城隍庙在上，天神在上

我们和神对话

雨声，是神的回答

渺渺茫茫、冥冥苍苍中

我心飞回

回归自己，雨水打湿了心瓣

那唰唰作响的雨声啊

我听懂了一句话：

祈福，我从我心做起

西岭古道

马驮消失的时候

时间已白了头发

古道还在，故事还在

陶片昭示历史的炊烟

燧石铭刻着昨天

古道逶迤着身子

翻过山西的山梁峡谷

去河南取回布匹食盐

也把那里的娇妹驮回

做了山里的新娘

一条路，承载一群生命
一条路，带来一片繁盛
有路就有一个人的创业故事
有路就有一个不屈的身影

我蹲在草丛里挖掘殷商的泥土
有炊灶，有余烬
似乎有婴儿的啼哭，有女人的脂粉
这里，这里
深埋着走远的爱情

太行大峡谷遐想

一下子闯进这壁垒森严的大峡谷
我惊喜，我遇到了一个大大的神奇
沿着石板路指引的方位前行
有长尾鸟从一线天的蓝中掠过
山峦奇峰从四面围拢过来
逼近我的眼帘、压迫我的呼吸
无疑，这是造山运动留下的杰作
运动之后地球留下的一个胎记

诗歌之初就是如此
巨大的震荡诞生最美的诗句

创世的大手是何等神妙
天摇地动的巨变中没忘浪漫
造一处"万丈壁立"倒挂山脊

引一泓山泉垂下悬崖

撒一把五彩石点缀谷地

塑一尊卧虎雄居河滩

种一丛石笋在云中雾里

一处处风景出自天然之手

史前的画卷胜过今人的手笔

大峡谷就是一首奇绝的诗啊

跟着自然行走也许是诗的真谛

长治抒怀（组诗四首）

致一滴水

把一滴水尊崇为母亲的爱称
纯属一个偶然与一条河的邂逅
她由"无定"演绎成"永定"
已流淌了三百万年的光阴
而我，作为她的京城的臣民
喝着她的乳汁长大
竟然忽视了她的存在

就在一个充满历史意味的节点
有一个声音，呼唤的声音
让我低下高傲的头颅
审视我的骨骼、血液、毛发
有一种水的形态贯穿我的年轮
她来自远古的圣体
跨越峡谷、林带、沙漠
一直流到我的脚跟
那时，她悄无声息
像母亲的目光自然流转
从头到脚，从心到心
养我葱绿，浴我青春
又像母亲的乳汁
壮我的筋骨，塑我的灵魂

七十年后，我才明白
她是一条叫永定的河流
扶我站立成一个守疆的士兵

我要说啊，此时之前
我是否愧对了一滴水的福报
我是否枉为了一个臣民的责任
就在一个霞光泄露的早晨
我飞向她的源头，探访
沿着她的碧波、栈道
抚摸她的华美、洁身
驻足她的"晾经台"
亲吻她的"河堤柳"
与她的清流对话
与她的神话梦游

她宛若母亲的手臂
又如母与子的爱抚
与我亲近，与我温存
她是那样的温婉而博大
是我一生的爱恋，一生的守候啊
是我奔腾的活力，向上的精神

今天，在新时代的光芒里写诗
写给一滴水
一滴高山与大地酿造的圣水
一滴星、月、太阳、苍穹滴落的神水
写给一条叫永定的河流
写给用泪花养我爱我的母亲

此刻呵
我把我的躯体剖开
取出那一滴水吧
供奉在我的佛龛之上
捧在我的掌心
我要往返于她的左右
盘绕在她的生命之根
我用骨骼为她修堤筑坝
用我的血液加入她的长流
浪遏涛滚

一滴水
泡大我的名字
一滴水
照耀我的星辰
那是盛开在冥冥中的花朵啊
我会在她的圣体里长大
耸立成一座山的巍峨
繁茂成一片诗歌的森林

走进鲅鱼圈（组诗三首）

请接纳我，鲅鱼圈

先我一步抵达的
是你的名字
鲅鱼圈
我的嗅觉立即被俘虏
肥硕、油腻充斥海浪的气息
让我忘掉了饥饿
一帮打鱼的汉子涉水而来
远浪追逐赤铜色的背影
鲅鱼在船舱里翻身打挺
岸上，炊烟热了
老酒闷香了海浪打湿的日子

时间走过大海
潮潮汐汐
渔网揽过惊涛
生生死死
这里的渔民饱尝了海浪的腥臭
也同时得到了鲅鱼的恩惠

他们是善良的人种
"鲅鱼圈"作为渔民的骄傲
没有诗意却有朴实的内涵
张扬着一种野性的文明

我来了
在你富强崛起的时光里
我不想登层楼以观沧海
也不去戏院看歌舞升平
我要去浪迹沙滩的岸边
寻觅那个小鱼村
找到发黄的户籍册
写上峭岩的名字
然后我说，鲅鱼圈
请接纳我，拿我做儿子吧
我不做你现在的荣华市民
我做你过去苦巴巴的渔仔
从吞噬腥臭的海风开始
一步步走向大海

看海

登上海上观景台
就可以看到海的全部吗

我去了，穿过彩色的女儿林
我登了，钢铁浇铸的莲花塔

望尽烟波万重浪

风涛浪影入怀来
可我怎么也看不到你
你究竟藏在哪里

鲅鱼公主碧海迎迓情几多
也挡不住我的寻觅

我在寻找鲅鱼圈的昨天
其实也在寻找我的过去

我想象那个小小渔村的位置
就是我们福根的所在

一切都源于那只小船
一切都来自那张网

渡船的渔翁告诉我
眼前的一切不就是小渔村吗

岸上的楼群是它的梦
海湾的不夜港是它的想呀

呵，我看到了一个更大的海
一个前所未有的海

坐在沙滩晚照里

假若我是孩子
我愿一千次一万次下海

手捧舒心爽目的浪花
被拍打海岸的涛声追逐
我奔跑，我呐喊
追回我童年的爱情

此时，我不下海
把欢乐与新奇留给少男少女们
就端坐在沙滩的寂寞处
夕照的金黄里
镶嵌着我的微笑
一任排浪涌来又退去
却浇不灭我晚风中的欲火

这时，我不要太多的陪伴
只需涛声一缕
夕阳一抹
笑声一捧
爱情一闪
还有遥远的金鱼与渔夫的传说
伴我数完最后一朵浪花

天池走笔（组诗五首）

走向天池的时候

走向天池的时候

脚步有些踌躇

遥望北方云绕雾锁的地方

天池睁大湛蓝的地眼

瞩望我的脚步

还有千年以外的屈子

站在汨罗江畔

望尽诗歌的河流

看我的笔是否蘸血、蘸泪

流淌的是不是乡愁

走向天池的时候

正是端午诗会之后

我不知天池的湛蓝与

汨罗的清流有何联系

有一种说不清的思绪来自古典

诗歌总是站在高处

又走向一个个高远

安抚我的疲惫与厌倦

丢给我一个神圣
让我咀嚼，让我栖息

走向天池的时候
队伍排满盘山长路
有红衣女郎和戴凉帽的男子
还有舞台荧屏的明星
脚步踏过乱石杂草
似乎心中都有诗的涌动
摄下的一幅幅图像背后
都有天池的伟岸身影
但愿天池不仅仅是陪衬
它是一种美的和力的跃升

天池，凝冻的情结

总想借助你的浩荡清波
一吐日久的爱意情牵
往日的诗揣在怀里
昨夜的梦握在手边
登上你的领地
便统统撒向你
想象那湛蓝清波会涌向我
浇我一腔开心，满身灿烂

没想到，天池
你冰封雪裹，素颜朝天
山下已红绿妖娆
你却心冰固结波澜不惊

难道是对我迟到的抱怨

是啊，我本该早时启程

兑现对你的诺言

濯清波以足，荡丽水以面

还有写给你的诗行

随风而舞，乘云而歌

是我来迟了吗

天池，你竟冰冻了你的容颜

我来了，天池

我在端阳的粽香里落坐

落坐在你的巉岩峭壁

看你万年的睡姿沉雄而傲然

我和八方诗客登临你的领地

揽你入怀，亲你入梦

你我竟是如此地情依相伴

在我的心里，天池

冰已化开万顷春水

鸥鸟逐云，风追波澜

在我的诗里，天池

音韵和谐，字词娓婉

那是我的亲情吐露

漫过历史的苍茫云烟

天池，我的诗之大根

携你回家，做我的一生浪漫

笛声，悠扬天池上空

一位婀娜女子站在天池岸上

横笛吹奏，悠扬从笛孔抽出
抽出，抽出一位女性的缠绵

风止了，云驻了
天池也睡眼天开
在笛声里山也青青，天也蓝蓝

女子来自何方
为何在天池吹奏她的情感
似乎舞台太大、笛声太单
不，这是别样的演出
她是和山河莽原牵手
走进昨日的夙愿

她想把少女的真情
编创在《二泉映月》的曲调里
献给天池，壮一色长天

给一棵雷击的杉树

让我擦拭你的惊吓
收起你的落魄
还有你烧焦的皮肤
风中摇曳的不甘坠落的枝条
和饮泣

杉树，一位不屈的士兵
一棵护风挡雨的杉树
天池忠勇的卫士

大山自由的守护神

雷击之后，灾难之后

你还站在这里

围栅里你依然神气凌然

是一座碑的意义

好多人走过你的身边

耳边闪过雷火的轰鸣

掠过一刹那的战栗

我不想分享和想象那个过程

我注目你的黝黑躯干

投以崇高的敬礼

杉树，你我是同一战壕的战友

大山和战场是一样的位置

雷火烧毁了皮肤和枝叶

你的灵魂还在

风雪、暴虐、寂寞轮番袭击而过

你却裸露着身子

依然大写着屹立和不屈

拾一块天池石

因为爱而奔赴

因为情而相亲

因不舍而留恋

因难忘而纪念

随便拾一块天池石

揣进口袋

是我心的小小涟漪

说不上有多美

无棱无角

说不上有多奇

浑圆华丽

只因它是天池的骨肉

与我同脉同根

与我有着同样的心跳和呼吸

把它置于案头

成为我心田的一隅

它会抚慰我的寂寞

它会开启灵魂的羽翼

无边风月

会从石头的肩上落下

我的诗有了湿润和地气

东川的铜

一枚铜币滚到我的脚下
我拾起，拾起一个威风的清朝

东川的河谷抛给我一枚铜币
我看到了你的尊容
你托起大清的威仪走来
纸币的纹理中仍有你的踪影

铜的光荣属于东川
至今依然灿烂在我们心里

感谢延安（三首）

延安，一本奇书

沿着古沙道深深的辙印
倾听峁畔上熟透的阳光的诉说
那里，一支歌谣正嘹亮
注定，它是我们征衣上的花朵

我翻读这部写在风云中的奇书
黄土坡、瓦砾田，是怎样生育春天
从会宁开过来的灰布衫的队伍
又是怎样把南泥湾打扮成花枝招展

从此，小米成了当家的粮食
大红枣成为"革命亲"的宠爱
信天游唤醒八月的云朵
土窑洞里走出一个个开天辟地的巨人

这个被历史命名摇篮的地方
确实为老百姓搭建了人间天堂
政党的机体在这里得到滋补壮大
连那条河的流水也变成串联理想的彩练

延安很小，是陕北的一块石头
延安很大，是新中国的昨天
我们站上天安门和它对话
宛如儿子对母亲一样温暖

延水长长

水的根脉涌动在动荡的年代
有乌云压在山顶
一颗太阳升起的时候
山丹丹和兰花花一起绽放

延水长，长过心河
延水长，长过苍茫
那时的延河是一匹啸天的骏马
两岸升腾着火药味的炊烟

战与战停顿的间隙
依然升腾着爱情的火焰
是怎样灌注一杆杆枪械
横扫一个王朝的落日
我来了，掬一捧水花
你来了，跳进水的波澜
我们借水的神秘寻找往事
触摸祖国大厦的昨天

山丹丹是高原的姐妹
而我们是延河的子孙

你说，今天的青春之藤
也需要昨天的营养

宝塔山，在心里发光

暮色涂暗屋顶的时候
宝塔山就召唤我们了
它用一柱冲天火炬
聚拢星星的所有光芒
让我们放飞翅膀

把红纱巾披在身上
宣告我们的胜利
我知道它的光源在哪里
我理解它的内涵比山高比水长

它望着土丘田野泛绿
它抚摸着延河穿越山岗
它安抚挎枪的队伍
驱赶最后一场疯狂
我抓一缕彩缝进衣襟
你采一束虹嵌进裙裾
我们一同把它嵌进史册
陪伴着走向爱的风雨

肇庆行走间（外一首）

我从北方来，肇庆
我脱去臃肿的冬装繁复的心绪
轻装上路
就为的是与你相见，肇庆
我还可以吧
一位地道的北方汉子装束

晨光泄露苏醒土地的时候
我从第一缕暖风穿过，肇庆
一步便跨越了你的古道驿站
落脚你时尚且画栋的门楼
菜农叫卖绿油油的心情
红纱巾撩拨我激动的胸口
小伙子的摩托车长阵
奏响迎接我的铜锣皮鼓

我怀揣星湖的梦境来，肇庆
我怀揣七星岩的神奇来，肇庆
我还要品尝你的香茶腊肉
带回你怀中的石头
我独自凿砚临墨
画一幅岭南绝世锦绣

再把你的树籽带回家园
插绿我庭院的春秋

你我相见了，肇庆
心是那样的诚挚热烈
情是那样的甜美浓厚
皆因为国门大开风涛万里
皆因为改革之旗飘飞九州
你把春天的故事果实送给我
让我抚摸，让我分享
大时代的凯歌唱醉我的心头

记得吗？肇庆
握别时的泪花
笑影中的招手
我会回来的，肇庆
你在我梦梦幻幻里思念
我在你企企盼盼里回首

致敬，七星岩

你好！七星岩
守候千年万年的时光里
才有我的一时
可我览不尽你的奇景异色
只留下苍白的诗句
你这天上的星宿地上的岩体
该是怎样的天地默契
营造了人间神奇

你与天星对称而生

你与天星遥遥而立

是先有了北斗七柄

还是先有了你

女娲补天的那一刻

是否想到了这旷世绝伦的一笔

我游星湖胜地

穿越那壁挂幽谷一线天梯

乘小舟循环洞穴曲曲弯弯

目光扫描石乳岩柱奇奇异异

好一处人间美景

竞折腰千秋骚客万代诗笔

他们惊叹这神斧天工

留下胸中长卷笔下警句

七星岩，我留什么给你

才不负此行此意

我是一位沧桑老兵

让我向你致最后一个军礼

青海湖的蓝（组诗两首）

青海湖，诗歌墙前的沉思

在这里，我死了
我结束了以前的我
在这里，我生了
我开始了现在的我

就在世界诗人签名的嘛呢堆诗歌墙前
真的，我足足死了一回
我也爽爽地活了一回，真的

只有在这时，我的世俗壳脱掉
发生了裂变，一切源于
诗的力量与庄严

不是吗？当我写下峭岩的名字
我知道它意味着什么
是对诗的承诺
落笔的一瞬间
我从浮躁、世俗、轻妄中脱身
走向那一片蓝海

身躯升腾为昆仑山巅的白云

接过女神手中的圣火

把自我点燃

我从诗人群中抽身

脚步加入草木昆虫的队伍

我必须以泥土为家

做泥土的儿子

我还应学做蚯蚓

不停地吞食泥土

营造庄稼的产床

诗和诗人与蚯蚓的工作多么相似

吞土吐虹

真正的诗诞生土地

青海湖，我要带回一缕蓝

那绝美穿心的蓝

蓝的让人心颤

汽车在高原的后背上爬行

我已看到了凸现地面的那一道蓝

我不喊出口，藏在眼帘以下

庆幸，终于握住了此行的动力

窗外，有羊群扬尘走过

路上一位朝圣者匍匐的身影

融进远方的山峦

浪漫的女子跑向湖水

抓一把激情抛向天空

于是，沙滩上抛洒多样的喊声

有人竟站在远方，流泪

蓝海渐渐漫过脚面

是文成公主留下的蓝宝石吗

是她回家的记号

砸下的坑被泪水填满

有水神在这里守候

我不忍揉碎蓝色的爱情

以诗记下此刻的细节

是完成前世的契约

一切都在默默中相抱相拥

那水漫过漠漠长路的迎亲威仪

有一粒心瓣滚进草丛

让我捡拾那一缕情吧

啊，青海湖

你是远嫁女子的眼睛

那蓝色绝美倾国

那蓝蓝的心疼

唐山，那个夜晚（组诗五首）

一只凤凰，从闪电中起飞，

那个夜晚，便永远没有了黑暗。

——题记

我从废墟上走过

是不忘的心和手

把这堵坍塌的水泥墙

精心地保存

用钢化玻璃做罩

用美的设计镶嵌

神圣般地留住

留住惨痛的血的记忆

我的亲人的毛发在这里

我的亲人的手臂在这里

我的亲人的大腿在这里

我的亲人的心脏在这里

我的大唐山在这里

在这里

安息

一切像死湖般安静

只有脚步轻轻移动

那些走向天国的亲人

站在远处向我眺望

我从废墟上走过

把记忆之门叩响

俯身拾起一把火光

活着的地震墙

崛起的一座新城

新城最亮的地方

耸起一堵百米高墙

地震中的二十四万亡灵

在一瞬间失去所有

只剩下一个名字留在这里

接受追悼者的眼泪

崇高得不能再崇高的碑

厚重得不能再厚重的墙

以它的博大和不屈

活着

活着

活在鲜花与美酒的芳香里

和我们一同呼吸

一同分享和谐幸福的阳光

这里诞生过奇迹

也诞生神话的翅膀

碑墙是一座鸟儿的巢穴

夜色降临时那名字便

火焰般地飞走

下榻温馨的时尚小区

巡视在南湖的荷花长廊

畅游在曹妃甸的海港码头

聚首在街巷的歌舞声浪

日出时，便飞回

一个个站立墙头

等待人们的仰望

他们没有走远

他们与草木同在

活在我们的魂里梦里

依旧是我们的骨内连襟

同一个家园

共一个心脏

日子再甜

我们的酒里

总有一滴别样的辛酸

时光再远

我们的梦里

总有一缕难言的凄凉

南湖凭吊

啊，南湖

你这涅槃后的奇迹

啊，南湖

你这大地震幻化的花园

你的华贵典雅

我怎么也不能尽兴
那荡漾浩渺的湖水
是另一种液体呀
那垂柳青杨
是血肉的植物啊
就是高高的凤凰台
不就是亡者的
瓦砾下高昂的头颅吗

访乐亭李大钊纪念馆

缓步走进一座巍峨的圣殿
一个伟大的灵魂在这里安放
瞬间，记忆的大门轰然开启
壮烈令大地颤抖
我的心灵之手
翻动写自七十年前的大书

当乌云压在中国人民头顶的时候
他放下手中的笔
轻轻压住那一缕浑然的黑暗
如墨的天色中
有一抹斑斓的彤云
在他的瞳孔里放大
放大成一个理想的图腾

他弃笔纵身奔去
圣彼得堡神圣崛起的土地
十月革命炮击的圣典

十月的炮击中

他最早抓住了曙光

扯一缕光明于中国

引一条道路向彼岸

唐山，乐亭，故乡

有山，有海，有林

生产玉米、大豆和高粱

更生产"主义"和"思想"

他把海的辽阔引进课本

他把山的巍峨搬进讲堂

与大洋彼岸的大胡子心心相印

与黄浦江畔的陈姓学者悄悄"暗恋"

他们合伙制造一声惊雷

——改地换天

他们联合打造一条道路

——摆渡苦难

"铁肩担道义，妙手著文章"的人

引领第一缕曙光照亮中国古老土地的人

在骤风中吹掉了树冠

悲愤、激昂、扼腕中

我抬起浸泪的双眼

绞刑架下走出伟岸的身躯

排山

倒海

迎风

击电

在他的身后

天蓝蓝

水漾漾
禾滔滔
花艳艳

怀念那一片青纱帐
——追忆抗战英雄节振国

六十多年了，我的家乡唐山
那一片一片如海似涛的青纱帐
还能找到一个人的足迹
依稀听到大刀的嘶鸣
栉比鳞次比肩耸立的矿井
那矿车飞驰的财富河流
都在昭示着昨天的一双眼睛
昭示着一个并没走远的身影

大刀抵住胸膛的年代
为了冀东人的生存
热血溅出火星
他——来自鲁地的一块石头
一下子变成唐山的煤
枪林弹雨中他挺身站到
呼吸被挤压的巷道里
招呼屈辱的"黑脸弟兄"
掀起埋葬敌人的怒涛

闪电般的红樱大刀下
导演出一场卓绝的"武戏"
那壮烈

那痛快

那潇洒

那浪漫

咔嚓

咔嚓

咔嚓

咔嚓

敌头纷纷落地

狼烟倒退十里

于是

他的名字响遍青纱帐

他的大刀就是一堵威严的高墙

他走后的月月年年

每当我踏进家乡的田垄

每当我坐进矿区的暖屋热炕

总会寻觅他的身影

大脑的荧光屏上

总会演播大刀狂舞曲

地雷战的人间武戏

我亲吻喋血的青纱帐呵

一株一丛扎根于挥之不去的记忆

唐山，那个夜晚（组诗五首）

延安，那些诗意的往事（三首）

城堡上空的图腾

我说它是一团五彩的祥云
肯定，大地做了它强大的盾
无数的鹰群从黎明出发
乘风而来，踏水而来
驻足黄土高坡上的山河

一个神话拔地升起
化作一座城堡的图腾

那些枪炮的往事喘息在延水之畔
那些行进的号角暂作小小的休整
有人叉腰眺望无边的庄稼
打湿的地图映衬了天边的黎明

这些命运之神哟
思索一个更大的命题
他们要把家的烟火安放在风水的地方
他们决意让一个民族在安宁上扎根

一个梦，飞翔在星空

不会有人知道，也不会被人破解
一个人的梦在山头上爬行
子夜窑洞里烟草的明灭
马蹄已踏碎远天的星空

那时，乌云多，猜疑也多
光明与黑暗作最后的交锋
这个梦，在黄土地上做巢
飞翔成铺天盖地的大诗

惊雷以大地的名字报捷
一个个举起血染的旗帜
一扇门，在黎明前轰隆隆打开
我们才明白，命运的逆转

黄土高坡的意义

那些云的梦，石头的飞翔
那些枣树的风声，山丹丹的爱情
都有着别样的生动
注定有着哲学的，禅宗的意蕴

一杆枪到达的时候
天边的曙光就射过来了
一匹战马驻足河岸的时候
荒芜的山坡就来了草原

南泥湾跳上震天的腰鼓
牧羊人甩开炸云的长鞭
扛枪人把石头攥成一把火焰
窑洞是向新世界洞开的眼睛

走进中山（外三首）

最好的阳光是这里的主宰

它的明丽和暖意足可以洞穿历史的墙壁

不要这姹紫嫣红的季节装扮

也不须美味佳肴的亲情招待

我推开山门踏进你虚掩的门扉

亲近一个伟大灵魂的所在

时光之河带走了泥沙琐屑腐朽

只有灵石燧火在链条上闪烁光焰

一座小院的意境托起一轮明月

依然抚慰着山前的流水山后的田园

我恍惚看见一个身影奔走于风雨大野

一个声音振荡在灰暗的云天

注定我跟随他的身后

一路丢掉私欲的枝枝蔓蔓

哪怕做一棵山中的青稞

迎击时代的风雨雷电

呵，这座小院正在修缮

让我做一株无名的小草吧

站在故居的身后守候烟火人间

曹边村的炮楼

你的目光是高远的
凝视着祖国，守候着家园
这目光来自远走异乡的赤子之心
由马来西亚的炊烟，新加坡的鸡鸣
搭一艘小船，借一条河流
返回故乡，守望

守望国之风雨
守候家的灯盏

一座戒备十足的建筑
已卸下刀枪的锋芒
目光里的风景花红绿绽
它俯视楼厦的崛起田野的梦幻
一只海鸥落在炮楼的肩上
这是和平的火焰

眺望山水长长
眺望日子甜甜

致敬，古榕树

盘根错节，雍容繁华
古榕树，注定是乔木的长者
被第一缕目光注视
它站在时空里
天空也被它撑开一个口子

站成南方的一道风景

站在古榕树下，我已无语
它为什么如此宏大，又如此让人尊崇
我的目光沿着斑驳的根，向上
走过粗犷的干，向上
攀上轰然狂作的枝条，向上
就是它的诗的自由了

千年了，抑或几千年了
然而，它不老，春来发枝
秋来结籽，冬来镀雪
什么是它生命的真谛
呵，扎根土地，向光而生
那里有纯洁、通透和美丽
活成一束光，活成自己

梁家河诗抄（三首）

在梁家河，看河

河的波涛已打湿心岸
飞卷成我激情的汪洋大水
庄稼告诉我，这里没有河
那是野谷，荒坡，旱坝流出的眼泪

呵，梁家河
一片压在大山底下的苍凉

早年，她接纳了城市的一片彩云
村册上叫：知青
农民喊他们是儿子，女儿
老镢头刨开土圪垃的往事
呵，梁家河
黄土里埋得很深的一首绝响

窑洞里，第二个铺盖

他和五条青稞，躺在土炕上
这里便是一个温馨的世界

彼此有梦，都能听到心跳和呼吸
春风夏雨，秋红冬白
划过寂寞的窗棂

睡在这里的人都飞走了
只有梦挂在窑洞的后墙上
他们的笑，他们的故事说着过往
告慰涉水而来的我们

驻足这里，就是驻足一片山脉
有一个铺盖，有着独特的传奇
他跳出时空的边界
给我无穷的想象和神韵
那被子上的牡丹花开了
早已宣告了春天的佳讯

谁也夺不走我的想象
注目他，就是仰慕一座巍峨
小米粥、苦酸菜喂养的骨骼
已挺进成一条大河
他与枣园的灯火遥相辉映
一个未来就在他的镢头下生根

碾盘，依然在转

碾盘，从大山里开凿
一转身，坐落在我家的庭院
我认定就是它呵
陪我转出了苦熬的少年

它是为我制造生活浆液的奶娘
它有咬碎五谷的牙齿
有坚忍的耐力
与我一起碾碎黄昏的饥饿

碾盘，你何时来到这里
为了一个人，还是一村人
总之，多大的圣人也要从碾盘开始
转日月，转江山
走近碾盘，就走近一个哲学

赤水河畔踏歌行（三首）

历史，藏在意外里，虽然只一瞬，却决定了一个神话的存在。

——题记

与一颗哑弹对峙

我愿意站在这里的沉默里
与一颗哑弹对峙
我盯着它，拎出它的丑恶
不亚于对峙一个战败者
全部诠释在于两个字：生死
面对它，时光在坍塌
有一缕光明在上升
光明之上飘着战争的虹

我坚信，所有神灵来自天界
比如，落在这间屋子里的炸弹
是为扼杀而来，却未爆炸
其中的玄机何在
毛泽东只是悻悻地离开
扇了敌人一个嘲讽的耳光

于是，我转身

写下这些战栗的文字

我的心也提到了喉咙上

我的心速快过弹雨里的脚步

而血液沸腾胜过远山的赤水

也许，你不知道长干山的骨骼有多硬

它是长征路上的一块铁

是昨天的伤口

我们不曾忘怀的惊魂和史诗

长干山顶的一片云

那时，长干山，托举着一片乌云

痴情的乌云笼罩着一个秘密

秘密里藏着一粒灯火

长征的脚步在这里止步

三天两夜，有一盏灯

和毛泽东一起迷惑敌人的眼睛

乌云缄默无语

盘旋在长干山山顶

山下，一座泥巴的小屋

一位伟人的身影

运筹帷幄着一场战争

赤水是一个神奇的魔棒

在手中，化神，化龙

红军忽东，忽西

挥洒自如，绝处逢生

我来时，那片乌云未散

滴下凝望的眼神

几十年了，斗转星移

是痴情的坚守，还是梦中的相逢

竟使它大山般的凝重

长岗的山水

因为一个人的到来

忽然，山山水水都长了精神

我是说，长岗

赤水河边一个普的村庄

毛泽东住过三天两晚

导演了"四渡赤水"的神战

注定是一缕别样的光照

催生了这里的山水

那山，是战马奔跑的势态

那水，流淌着号角的清音

不是任何一番景观都配得上

它出奇的曲线和起伏

它亘古的突兀和挺拔

都有超凡的意味

看似平常的房屋谷场

看似平常的炊烟鸡鸣

皆有远方的光芒照应

拾一块红色的泥土吧

抑或折一枝五角枫

都不失一个珍爱
它会轻轻剪裁我的枯萎
向上而生

商南仙境五题

大美金丝峡

这样的名号，这样的架势，如此
这般地嵌入我的眼睛，然后
楔进我的心灵，像仙女的长袖
撩拨天边的云彩，一缕一缕
灼伤我的夜梦

在所有大峡谷的拷贝里，透视
或者端详，揣测你的模样
在所有关于峡谷的音律里，分拣
或者辨识你的美韵流觞
是什么，点燃了我青春的悸动

我跳上白云的肩膀，俯瞰
你的逶迤无边，奇峰幽谷
挽着瀑水长河，绿带金沟
簇拥着村落田园
俨然一副仙境人间

之后，我驻足在丹江水畔

它清澈无杂，照射到心灵的深处
刹那间，我退缩成一个懦夫
它的圣美恰恰映衬出我的丑陋
我迟疑了，站在你的门外

金丝峡，请原谅我的鲁莽
我的造化不深，误入你的圣地
这样的我，不能沾染你的大美
我退避三舍，修性养身
让我暂借你的一勺碧水
洗涤我的六根
我再来，与你把盏言欢

北茶小镇一酌

一个绿色拱卫的山岗
一个桌子架起的茶坊
一个女子沏茶的美艳
一杯天然的玉液琼浆
就这么递到我的手上
一天的劳顿都在一杯茶里化了
"北茶！北茶！"我轻声呼唤着
呼唤一个娇媚的所在
芳香与酣甜的滋味
忘了岁月流年

晶莹剔透的杯子
清澈碧绿的泉水
飘浮着几根茶叶

它是精挑细选的火种

它是天造地设的精英

是谁在说

一棵茶树和一个女人的故事

一片茶林和一个女子的爱情

他们与时代应运而生

比肩而立

站成商南的一地风景

夜幕下的威风锣鼓

和星星月亮坐在一个板凳上

我们都放弃夜游银河"鹊桥会"的兴致

和秦地楚国的人间烟火挤成一团

眺望台上，浓缩了的山形水影

我是说，这是不加盐不加醋的音乐大餐

它们来自原野的供养

原汁原味的"高原红"

那灌满秦风楚韵的笛声

悠扬成夜空的鹰翅燕尾

秦腔的长调勾回二妹子出嫁的泪水

又转换成圪梁梁上的爱情

奇山奇峡奇谷都来亮相了

仙风道骨辞赋都亮开了喉咙

独有一叶神茶飘自天外

那是一位农妇投向大地的一味神丹

最是那地动山摇的威风锣鼓哟

绝对是陕北汉子的金肝玉胆
锣是湖泊，鼓是山峦
手举天锤，气吞狂澜
一下一下敲天击地
一缕一缕火溅光闪
千年的志气万载的梦幻
都在锣鼓的旋风里升华涅槃

鹿城梦境追踪

站在这里或是睡在这里
都在神鹿的祥云里缠绵
之前，没感到什么
之后，竟有一种莫名的留恋
那是一次偶然的邂逅
有一支小鹿偷袭了我的城堡

梦醒时分，一个幽灵一闪
黄色的光芒渐行渐远
定睛时，它回首看我
一眨眼又空蒙一片
注定是那个小鹿的心机
偷窥了我的诗歌
它在一首诗的尾声里合十坐禅

静谧的晨曦涂抹着意境
有一泓溪水悄然上岸
"呦呦鹿鸣，食野之苹，
我有嘉宾，鼓瑟吹笙。"

曼妙里我伸长了身子

我把手伸向流云飞瀑

一朵花儿正把晨光点燃

轻点函谷关

走近函谷关时，我屏住了呼吸

脚步也轻过我的心跳

生怕踩踏千年的古意

碰掉典籍飞翔的翅膀

纵然，那位骑牛的老者西去了

身后堆放的往事，如月，如星

让我们入骨入魂

而今我来函谷关

两手空空，腹腔荡荡

但愿吞下东来的紫气

收藏一句半句箴言

填充我昨日的苍白

过往的赘肉堆积在路上

摇曳的繁星晃乱眼睛

我是迷失在红尘的孤儿

我是说函谷关是幸运的

接纳了东方圣人的足迹

哪怕这里的一块石头，一株花草

也有慧光的照耀

我参"道可道，非常道"的奥妙

我悟"名可名，非常名"的玄机

我不羡慕高飞的鸿鹄
我只喂养手头的一株青绿
如何让它春华秋实
我只让山河归于内心
孵化出自己的春风春雨